O PODER DO CORAÇÃO

O PODER DO CORAÇÃO

Encontrando o verdadeiro
sentido de sua vida

Baptist de Pape

Título original
THE POWER OF THE HEART
Finding Your True Purpose in Life

Copyright © 2014 *by* TWOTH B.V.

Todos os direitos reservados incluindo o de reprodução no todo ou em parte sob qualquer forma.

THE POWER OF THE HEART é uma marca registrada de TWOTH B.V. Todos os direitos reservados.

Edição brasileira publicada mediante acordo com o editor original, Atria Books, uma divisão da Simon & Schuster, Inc.

Design e arte de miolo e capa *by* Simon Greiner
Foto de capa *by* Olga Khoroshunova/Shutterstock

Direitos para a língua portuguesa reservados
com exclusividade para o Brasil à
EDITORA ROCCO LTDA.
Av. Presidente Wilson, 231 – 8º andar
20030-021 – Rio de Janeiro – RJ
Tel.: (21) 3525-2000 – Fax: (21) 3525-2001
rocco@rocco.com.br – www.rocco.com.br

Printed in Brazil/Impresso no Brasil

Tradução: Márcia Frazão

Preparação de originais: Sônia Peçanha

CIP-Brasil. Catalogação na fonte.
Sindicato Nacional dos Editores de Livros, RJ.

P232p	Pape, Baptist de
	O poder do coração: encontrando o verdadeiro sentido de sua vida / Baptist de Pape; tradução de Márcia Frazão. – 1ª ed. Rio de Janeiro: Rocco, 2014.
	Tradução de: The power of the heart: finding your true purpose in life ISBN 978-85-325-2954-1
	1. Autoajuda. 2. Espiritualidade. I. Título.
14-15845	CDD-158.1
	CDU-159.947

Impressão e acabamento: RR Donnelley
Av. Tucunaré, 299 – Tamboré – CEP: 06460-020 – Barueri – SP – Brasil

Sumário

Prefácio: o meu próprio caminho   1

PARTE 1: CAMINHOS PARA O CORAÇÃO

1. Seu poder interior   9
2. Coração e alma   15
   A linguagem do coração   17
   Contemplação: ouvindo a voz do coração   21
3. Abertura para a sabedoria do coração   23
   Contemplação: caminhando em silêncio   31
4. A inteligência do coração   33
   Contemplação: sentar e ouvir   42
5. Coerência: viver o agora   45
   Exercício de calma interior ou reação amorosa   47
   Contemplação: consciência do presente   56

SUMÁRIO

PARTE 2: OS PODERES INTERNOS

6. O poder da gratidão — 59
   Contemplação: três bênçãos — 64

7. Tornando-se uma pessoa de coração — 67
   Contemplação: um sentimento de paz — 76

8. Criando o poder autêntico — 79
   Contemplação: a calma do olhar profundo — 91

9. Os poderes da intenção e da intuição — 93
   A linguagem da intuição — 99
   Contemplação: seguindo sua intuição — 107

10. Sincronicidade: a ordem oculta por trás de tudo — 109
    Esbarrando na sincronicidade — 116
    Contemplação: tudo que acontece é uma lição — 124

PARTE 3: CORAÇÃO NO MUNDO

11. Dinheiro e carreira — 127
    Economia do coração — 135
    Contemplação: seu chamado — 141

12. O coração da saúde — 143
    Contemplação: coração do amor — 153

13. Amor e relacionamentos — 155
    Parceria espiritual — 168
    Criando o amor — 171
    Contemplação: bondade ou prática da compaixão — 174

SUMÁRIO

14. Resiliência, medo e reveses — 177
    O coração o conduz em meio ao medo — 186
    Contemplação: viver sem medo — 192

15. Perdão — 195
    Contemplação: fazer o certo — 205

16. Uma civilização com coração — 207

Os cocriadores: biografias — 221

Agradecimentos — 230

Créditos/Fotos — 231

Sobre o autor — 232

Prefácio: O meu próprio caminho

Realizar o próprio destino é a única obrigação de uma pessoa.
—PAULO COELHO, *O ALQUIMISTA*

  Eu tinha acabado de me graduar em direito quando recebi uma oferta de emprego com um contrato lucrativo de uma firma de advocacia de grande prestígio no mundo inteiro. Estava então a um passo de uma carreira gloriosa – e mesmo assim decidi não assinar o contrato.

  Comecei a pensar: o que realmente quero da vida? Qual é, afinal, meu objetivo? Fazia meses que procurava um trabalho que se encaixasse comigo, mas a perspectiva de participar de uma prestigiosa firma de advocacia, viajando pelo mundo como consultor operacional de corporações multinacionais, já não me parecia adequada para mim – por mais que tivesse trabalhado duro para me graduar em direito. Senti que tinha perdido meu caminho e me preocupei com o futuro. O que faria? Quanto mais me preocupava, mais meu mundo parecia desmoronar aos poucos.

Já era tarde da noite e eu continuava agitado de ansiedade em meio à escuridão do quarto. Incapaz de dormir, levantei-me para assistir a alguns vídeos do YouTube no laptop. Cliquei no vídeo "Uma nova terra: despertando o propósito de sua vida", com Oprah Winfrey e Eckhart Tolle. Logo Oprah me chamou a atenção ao dizer: "Não há nada mais importante que despertar para o sentido de sua vida."

Isso me fez pensar. *Eu estava fazendo isso? Eu estava tentando despertar para o sentido de minha vida?* Logo que esse pensamento passou por minha cabeça, irrompeu um impulso poderoso do meu coração – um impulso que nunca tinha sentido antes. Era como se meu coração estivesse respondendo às perguntas que fazia a mim mesmo e quisesse que eu ouvisse as respostas naquele mesmo instante.

Quando desviei a atenção desse surpreendente sentimento e retornei ao vídeo, Tolle dizia: "É bom você se perguntar o que quer da vida, mas a questão mais importante não é o que a vida quer de você? O que a vida reserva para você?" Para responder a isso, Tolle destacou a importância de se permitir momentos de silêncio na vida, porque o silêncio nos faz escapar do barulho mental que denominamos "pensar". Os pensamentos e preocupações do dia a dia geralmente abafam as outras mensagens enviadas pela vida – sinais silenciosos que nos orientam ao encontro de nosso propósito. Isso soou parecido com minha vida – já que estava tão inundado de preocupações que não conseguia descobrir o que fazer.

Olhando para trás, acho que de alguma forma aquele vídeo acabou por me guiar. As observações de Oprah e Tolle transformaram minha consciência – e minha vida.

Na manhã do outro dia, segui o conselho de Tolle e fui em busca de silêncio. Saí em plena chuva para uma longa caminhada pela mata. À medida que me sintonizava com o silêncio circundante, me sentia envolvido por um sentimento sem precedentes de serenidade intensa. Serenidade não apenas ao meu redor, mas também dentro de mim. Pela primeira vez na vida, me libertava dos pensamentos e preocupações que tanto me aprisionavam. Já podia me perguntar o que fazer da vida e me abrir para qualquer resposta, quer se encaixasse ou não com minhas velhas ideias sobre carreira e futuro. Só então me dei conta de que tinha medo de assumir que não queria ser advogado, apesar do trabalho e do tempo que investira nisso. Mas, por outro lado, eu não queria decepcionar meus pais, que se orgulhavam do meu sucesso acadêmico e da carreira que eu escolhera.

Continuei em silêncio, livre de expectativas e usufruindo a paz interior que acabara de encontrar. Pensei: *O que a vida quer de mim?* Logo um poderoso impulso, muito mais forte que o da noite anterior, irrompeu do meu coração. Era quase doloroso, como se precisasse ser assim para me fazer prestar atenção – para me fazer "pegar" a resposta que me era dada. Na verdade, era como se estivessem arrombando meu coração. Foi uma onda de emoção tão forte que comecei a chorar.

De repente, vislumbrei o propósito de minha vida. Ficou claro como cristal para mim: eu investigaria o poder do coração, a energia que guardava dentro de mim. Sairia em busca de pensadores, escritores e mestres espirituais da atualidade para obter conhecimentos sobre o coração. E registraria esse tipo de sabedoria para todos os tempos, fazendo um filme sobre o coração.

Claro que minha mente nunca me apontaria esse direcionamento, porque eu não tinha a menor experiência em cinema. Mesmo assim, nunca duvidei de que teria isso como tarefa. Até porque já tinha despertado para o propósito de minha vida. Foi um sentimento tão avassalador que não me restou outra escolha senão atender a esse chamado: olhar a vida pelas lentes do poder do coração e fazer um filme sobre isso.

Fui para casa, fiz a mala e mobilizei uma equipe de filmagem. Nada me impediria de fazer o que a vida queria de mim.

O propósito da vida é uma vida de propósitos.
–GEORGE BERNARD SHAW

Durante os dois anos seguintes, percorri o mundo inteiro e tive a sorte de conhecer os 18 principais líderes, cientistas e pensadores

PREFÁCIO

espirituais de diferentes culturas e formações e pude conversar com eles: Isabel Allende, Maya Angelou, Michael Beckwith, Deepak Chopra, Paulo Coelho, Joe Dispenza, Linda Francis, Jane Goodall, John Gray, Rollin McCraty, Howard Martin, Ruediger Schache, Marci Shimoff, Dean Shrock, Eckhart Tolle, Neale Donald Walsch, Marianne Williamson e Gary Zukav. Graças às notáveis e inspiradoras histórias sobre a influência do coração em suas vidas, esses mestres ofereceram contribuições únicas para minha própria visão sobre o filme – e sobre o rumo que eu tomaria na vida. Por isso, considero-os cocriadores do filme e deste livro (suas biografias estão no final desta obra).

Os cocriadores me deram o privilégio de entrevistá-los frente à câmera e juntos criamos um magnífico retrato do coração. Eles propiciaram uma impressionante e, por vezes, comovente confirmação de minha própria convicção de que o coração é bem mais que um simples órgão de bombeamento de sangue para o corpo; sem dúvida alguma, o coração é uma fonte inesgotável de amor, discernimento e inteligência que ultrapassa em muito a mente.

Com os cocriadores, aprendi muitas lições importantes sobre o poder do coração compartilhadas no filme e que também quero compartilhar com você neste livro. Na verdade, existem muitos poderes do coração – como, por exemplo, a intuição, a intenção, a gratidão, o perdão, a resiliência e, claro, o amor. A conexão com esses poderes o levará a uma transformação impressionante dos seus pontos de vista sobre o dinheiro, a saúde e os relacionamentos, e a descoberta de talentos ocultos e pontos fortes que poderão ajudá-lo a aprimorar sua vida. O espaço mais amplo deste livro me permitiu mostrar mensagens dos cocriadores que não pude apresentar no filme, e também me possibilitou apresentar sugestões oferecidas por eles para as muitas formas de desenvolver os poderes do coração.

Enfim, para ajudá-lo no seu caminho, cada capítulo contém contemplações que o levarão a descobrir a voz e a sabedoria singulares do seu próprio coração.

Além de uma incrível e inspiradora equipe de pensadores, aqui você também terá um tesouro de orientação espiritual e prática. Espero que este livro o ajude a descobrir o propósito de sua vida que está enterrado dentro de você como um tesouro escondido. É hora de abrir o tesouro. É hora de descobrir o poder do coração.

Eis o meu segredo. É muito simples: só se vê claramente com o coração.
O essencial é invisível para os olhos.
−ANTOINE DE SAINT-EXUPÉRY

PARTE 1
Caminhos para o coração

Deixe-se ser guiado silenciosamente pela estranha atração daquilo que você realmente ama. Isso não o levará ao erro.

—RUMI

1. Seu poder interior

Muitos grandes mestres das tradições espirituais do mundo descrevem o coração como a fonte do verdadeiro poder.

O caminho não está no céu. O caminho está no coração.

—BUDA

Seja lá o que tua mão fizer, faça-o com todo o teu coração.

—JESUS

Permaneça no centro do seu ser, pois quanto mais disso se afastar, menos aprenderá. Procure no seu coração – a maneira de fazer é ser.

—LAO TSÉ

A ciência moderna já reúne evidências de que o coração tem um poder que ultrapassa sua função biológica.

# ROLLIN McCRATY

Quase todas as tradições espirituais e grandes religiões do mundo concebem o coração como ponto de acesso à alma, ao espírito humano, à sabedoria, à intuição e a coisas assim. E as pesquisas começam a mostrar que essas tradições e religiões estavam certas… As reações e mudanças do coração antecedem as do cérebro. Só depois que o coração envia sinais mensuráveis para o cérebro é que esse responde.

# HOWARD MARTIN

A nova ciência permite ao meu cérebro que acredite na inteligência do coração. Segundo um grande número de pesquisas, o coração físico é um centro de processamento de informação, e não apenas uma bomba servil de sangue. Quando a comunicação coração/cérebro/corpo é ideal, isso está associado a emoções sensíveis, por sua vez associadas ao "coração", como atenção, valorização, compaixão, amor etc. As pessoas sabem por intuição que o coração e suas respectivas qualidades são reais. A nova ciência que destaca o papel do coração físico satisfaz então a mente humana de um modo que nos faz acreditar mais plenamente naquilo que sentimos por intuição. A nova ciência aponta para uma inteligência associada ao coração.

Como poderemos nos conectar com essa poderosa inteligência? Como poderemos utilizá-la para saber mais sobre quem somos e o que devemos fazer? Disse Buda: "Seu trabalho é descobrir seu próprio mundo e depois se dar a isso de todo o coração." Eis o que os cocriadores deste livro nos ajudarão a fazer: descobrir a nós mesmos, descobrir nosso fundamento e nosso propósito.

 ## MAYA ANGELOU

Acredito que o coração seja o mais forte e o mais impactante elemento da vida humana. Acredito que o coração nos ajuda a entender quem somos, onde estamos e como estamos.

Para se conectar com seu coração, o primeiro passo consiste em reconhecer que ele é sua própria essência.

 ## ECKHART TOLLE

O poder do coração é o poder da própria vida, o poder da verdadeira inteligência que permeia e sustenta o universo inteiro. É um poder que está no coração do universo. Portanto, para se conectar com isso, você precisa se conectar com o poder do coração.

 ## NEALE DONALD WALSCH

Quando abrimos o coração, acessamos o mais profundo segredo da vida humana, que é o segredo de nossa verdadeira identidade.

Por meio do coração, você encontra seu próprio caminho no mundo.

 ## PAULO COELHO

Você nunca alcançará suas plenas potencialidades se não abrir seu coração.

Por meio do coração, você se interliga a uma forma superior de conhecimento.

 ## GARY ZUKAV

A dimensão superior da lógica e da compreensão origina-se no coração. Isso se experimenta no coração. Isso se vive no coração.

Por meio do coração, você encontra inspiração.

 ## ISABEL ALLENDE

Para mim, inspiração é essencial. Criatividade é essencial e só a encontro por meio do coração.

Por meio do coração, encontramos discernimento. Na verdade, o coração nos propicia as ideias que nos são *necessárias*, e também algumas que nem esperamos – percepções que nos permitem encontrar nosso próprio caminho.

 ## DEEPAK CHOPRA

Seu coração sabe todas as respostas; portanto, preste atenção no coração e reflita. Esta é a primeira coisa que você deve fazer.

Seu coração gera o amor que o interliga às outras pessoas – as que você ama e as que são importantes para você. O coração também o interliga a todas as outras formas de vida.

JANE GOODALL

Concebemos o coração no sentido poético, uma fonte de amor e compaixão, isto é, um coração imensamente importante.

MARIANNE WILLIAMSON

A verdade daquilo que somos é a verdade do coração, a verdade daquilo que somos é o amor que está para além do corpo.

E com o coração você se interliga a toda a criação, ao universo – a Deus.

MICHAEL BECKWITH

Dr. Martin Luther King Jr. simplesmente o chamava de "o amor de Deus atuando no coração do homem".

Vamos investigar junto com os cocriadores deste livro os múltiplos significados do coração e as formas pelas quais nos interligamos aos seus incríveis poderes.

2. Coração e alma

Lembre-se de que você encontrará seu tesouro no seu próprio coração.

—PAULO COELHO, *O ALQUIMISTA*

Paulo Coelho era um dos mestres e autores no topo de minha lista de desejos para entrevistas sobre o coração tanto para o filme como para este livro, em parte porque o poder do coração é o tema central do seu popular romance, *O Alquimista*. Nesse romance, Santiago, o personagem principal, faz uma viagem ao Egito em busca de um tesouro escondido e acaba descobrindo o verdadeiro tesouro dentro de si mesmo.

Conheci Paulo Coelho no escritório do apartamento dele em Genebra – para mim, o mais sagrado dos lugares sagrados, onde ele tinha escrito tantos livros bonitos. O escritório emanava uma atmosfera serena, com fotos de família e arte moderna nas paredes. Um manuscrito em andamento na tela do computador me fez sentir como um fã dos Beatles em uma *jam session*, no Abbey Road Studios, olhando para as cordas da Gibson SG 1964 que John Lennon acabara de tocar.

Expliquei-lhe minha missão, falei de minha graduação em direito, de meu temor em não atender às expectativas de meus pais e de como despertara para o poder do coração. Entramos em sintonia de imediato, e Paulo Coelho então me disse que a percepção de seu coração é que o tinha levado a escrever. Embora quisesse se tornar escritor ainda adolescente, os pais dele se opuseram a esta carreira. E, como o consideravam doentio, introvertido e obstinado, resolveram interná-lo em um hospital psiquiátrico, quando tinha 17 anos. Aos 20, Paulo começou a estudar direito, a pedido dos pais, mas acabou desistindo para viajar pelo mundo. Mais tarde, tornou-se compositor e jornalista.

PAULO COELHO

A partir do momento em que percebi que queria ser escritor, pensei: "Pode levar dez dias, dez anos ou vinte anos, mas vou escrever." Comecei escrevendo letras de músicas e artigos para jornais. Não tive outra escolha senão seguir o que queria fazer.

Você nunca será capaz de escapar do seu coração.
Por isso, é melhor ouvir o que ele tem a dizer.
—PAULO COELHO, *O ALQUIMISTA*

Durante a caminhada ao longo do Caminho de Santiago de Compostela, o trajeto dos antigos peregrinos ao noroeste da Espanha, Paulo Coelho teve um despertar que o levou a escrever seu primeiro livro.

A história de Paulo Coelho me fez chorar. Ele viveu e encarnou o poder do coração. A história dele mostra que às vezes você precisa ter coragem para seguir a voz de sua paixão interior, pois ninguém mais, senão você, pode ouvi-la ou compreendê-la. Mas essa coragem é recompensada. Embora a jornada da cabeça ao coração não seja curta nem fácil, ela sempre o levará ao seu próprio destino.

> *Nada é um clichê quando você realmente age com o coração. Isso é real quando você realmente o sente e conhece outras pessoas que o sentiram, e não há nada de clichê a respeito disso. Isso vai deixá-lo de joelhos. Isso vai fazê-lo chorar. E este é meu trabalho: contar histórias que nos surpreendam e nos relembrem da ópera que vivemos a cada erro e a cada nova oportunidade.*
>
> —DAVID O. RUSSELL, DIRETOR DE CINEMA

A linguagem do coração

O coração é muito mais que um órgão vital. O coração é o centro dos sentimentos. Segundo os Provérbios: "O homem é aquilo que ele pensa no seu coração." Quando você expressa emoções mais profundas, instintivamente leva a mão ao coração. E quando se refere a si mesmo para alguém, você não leva a mão à cabeça, e sim ao coração.

A língua é cheia de expressões que se referem ao coração como sede dos sentimentos humanos. Descrevemos uma pessoa carinhosa como de "coração aberto" ou "caloroso", e uma pessoa fria e insensível como "sem coração". Uma pessoa está perto do seu coração quando você se importa muito com ela. Você dá o coração para quem o incentiva. E perde o coração quando se apaixona. Mas, para mim, "seguir o próprio coração" é a frase mais cativante de todas – fazer aquilo que você mais gosta de fazer.

Confie em si mesmo. Então você saberá como viver.
—GOETHE

O sentimento é a linguagem do coração. Ao seguir o coração, você não ouve a cabeça, e sim o que acha certo. A voz da alma aponta para a direção certa como uma bússola porque também fala pelo coração. A sede da alma – a essência espiritual – está dentro do coração.

# HOWARD MARTIN

Faz muitos milhares de anos que inúmeras culturas do mundo consideram o coração um centro de inteligência dentro do sistema humano. Os primeiros escritos que vi sobre isso remontam à antiga medicina chinesa de 4.500 anos atrás. Esta noção de um coração inteligente persiste ao longo da história.

Além de ser um centro emocional, o coração é considerado, ao longo do tempo, como portador de inteligência e de capacidade de tomar decisões. Na tradicional medicina chinesa, o coração é a sede da conexão entre a mente e o corpo. Todos os caracteres chineses para "pensar", "pensamento" e "amor" incluem o caractere do "coração". Nas tradições do ioga, o coração é o guia interno humano no sentido literal e figurado. No idioma japonês, duas palavras distintas descrevem o coração: "shinzu", para o órgão físico, e "kokoro", para a "mente do coração".

Um coração amoroso é o começo de todo o conhecimento.

—THOMAS CARLYLE

Mas, com o passar do tempo, o respeito e o conhecimento milenar sobre o coração e o respeito por ele acabaram sendo negligenciados.

DEEPAK CHOPRA

Segundo uma velha história indiana, Deus queria esconder a verdade e disse: "Como quero torná-la interessante para as pessoas, o melhor lugar para colocá-la é no coração. Pois todos olham para um e outro lugar e só depois descobrem que a verdade está nos seus corações."

Muitas pessoas passam a vida inteira em busca de realização e felicidade, geralmente na expectativa de encontrá-las na compra de uma bela casa ou de um carro de luxo ou de outros bens materiais. Mas, depois que elas se satisfazem com esses bens, procuram outras coisas para preencher o vazio: mudanças de emprego, férias luxuosas ou novos parceiros de vida. Contudo, da mesma forma que em *O Alquimista* Santiago descobre o maior tesouro em si mesmo, acabamos descobrindo que a verdadeira fonte de realização e felicidade está dentro de nós mesmos, dentro do nosso coração.

Todo o universo está dentro de você.
Faça todas as perguntas a partir de si mesmo.

—RUMI

 MARCI SHIMOFF

A tradição espiritual de todos os tempos refere-se ao coração como sede da alma, o diamante no coração, o lótus no coração, o templo no coração. Todas as tradições referem-se ao coração como a essência de quem realmente somos.

Quando você se perde do seu coração, também se perde do seu verdadeiro eu. Isso o faz se sentir perdido e logo o mundo parece incolor, sem graça e desolador. E assim você se esquece de para onde vai com sua vida. Mas tudo começa a melhorar quando você se reconecta ao seu coração. Você nunca está realmente perdido quando conhece o seu coração.

 DEEPAK CHOPRA

Para se conectar com sua alma e seu espírito, coloque sua consciência no seu coração. Coloque sua consciência no seu coração.

E a melhor maneira de se conectar com seu coração, como recomendam Tolle, Chopra e os outros cocriadores, é por meio do silêncio.

> *O silêncio é o grande mestre e por isso preste atenção no silêncio para aprender suas lições. Nada substitui a inspiração criativa, o conhecimento e a estabilidade que vem de saber como se conectar com o cerne do silêncio interior.*
>
> —DEEPAK CHOPRA

CONTEMPLAÇÃO

Ouvindo a voz do coração

Para se conectar com seu coração, procure um lugar sereno. Sente-se e silencie os pensamentos. Deixe a mente em branco. Coloque de lado os pensamentos que o estão preocupando. Respire no silêncio de sua mente, no espaço ali aberto por você. Ouça seus sentimentos sem palavras. Você ouve uma voz suave e serena – não com os ouvidos, mas com os sentimentos. É a voz do coração dizendo-lhe que tudo ficará bem.

À medida que ouve a voz interior do seu coração, você se sintoniza com sua própria vida. Você recupera o senso de direção. Você desenvolve um renovado senso de quem você é. Você sabe o que quer fazer e por quê.

E tudo estará bem, tudo estará bem,
e todo tipo de coisa estará bem.
—JULIAN DE NORWICH

3. Abertura para a sabedoria do coração

> *Não deixe que o barulho da opinião alheia cale sua voz interior. E, mais importante, tenha a coragem de seguir seu coração e sua intuição.*
>
> —STEVE JOBS

Até mesmo quando concebemos o coração como órgão físico e fonte de poder espiritual, isso é maravilhoso.

 HOWARD MARTIN

A ciência ainda não sabe ao certo o que faz o coração começar a bater. Embora seja um assombro fisiológico que marca o início da vida humana, a ciência atual ainda não consegue explicar exatamente por que o coração começa a bater.

O primeiro batimento cardíaco é espontâneo. Os batimentos começam no momento em que as células do coração se formam e se multiplicam no feto. As células começam a bater antes mesmo de o coração se formar. E elas fazem isso em uníssono, sem qualquer estímulo perceptível externo ou interno para que comecem a bater. O batimento é intrínseco à natureza das células do coração.

 NEALE DONALD WALSCH

O coração começa a bater quando Deus diz: "Olá, estou aqui." É assim que começa a vida e posso provar isso para você. Ouça o seu coração. A batida do seu coração é a energia da própria vida. Embora se origine fora do nosso corpo, anima-o e assim nos dá o dom de quem somos. Existe presente maior? Podemos ignorá-lo? Podemos prestar mais atenção nisso e não negligenciá-lo?

O coração é impulsionado por uma energia invisível – uma energia do universo, uma força que permeia toda a matéria e une a tudo e a todos. Nada no universo é mais poderoso e abriga mais potencialidades que essa energia. Ela é chamada de "*chi*" no *taoismo*, de "*ruah*" na cultura hebraica, de "*prana*" na religião hindu e de "energia vital" na filosofia ocidental. Esta energia que se origina fora do corpo mantém os batimentos cardíacos e inicia todas as funções vitais.

ISABEL ALLENDE

Uma vez ouvi um cirurgião que discorria sobre transplantes de coração. Ele explicou que ao colocar o órgão – o transplante –, fazia aquele corpo reviver, e que o coração parecia morto, mas ainda estava vivo. E então o cirurgião toca suavemente no coração, que logo se move e dá vida para aquele corpo. Pensei: de certa forma, isso é uma metáfora para a função do coração. Pois, ao tocá-lo, você se dá conta de onde está a vida.

MARCI SHIMOFF

O coração é o palco de toda a ação. E a chave para uma vida plena, bem-sucedida e mais gratificante é manter o coração aberto. Com o coração aberto, encaramos a vida de um modo bem diferente.

Abrir o coração significa viver uma vida apaixonada e repleta de sentido e propósito. Significa fazer o que precisa ser feito, viver a vida que você nasceu para viver. Com o coração aberto, você se alinha com valores de tolerância, harmonia, cooperação e respeito pelos outros.

HOWARD MARTIN

Em outras palavras, com a sabedoria do coração você se conecta com um poder mais autêntico, uma fonte de realidade e autenticidade que existe dentro de cada um de nós. E de-

Marci Shimoff *(ao lado)*

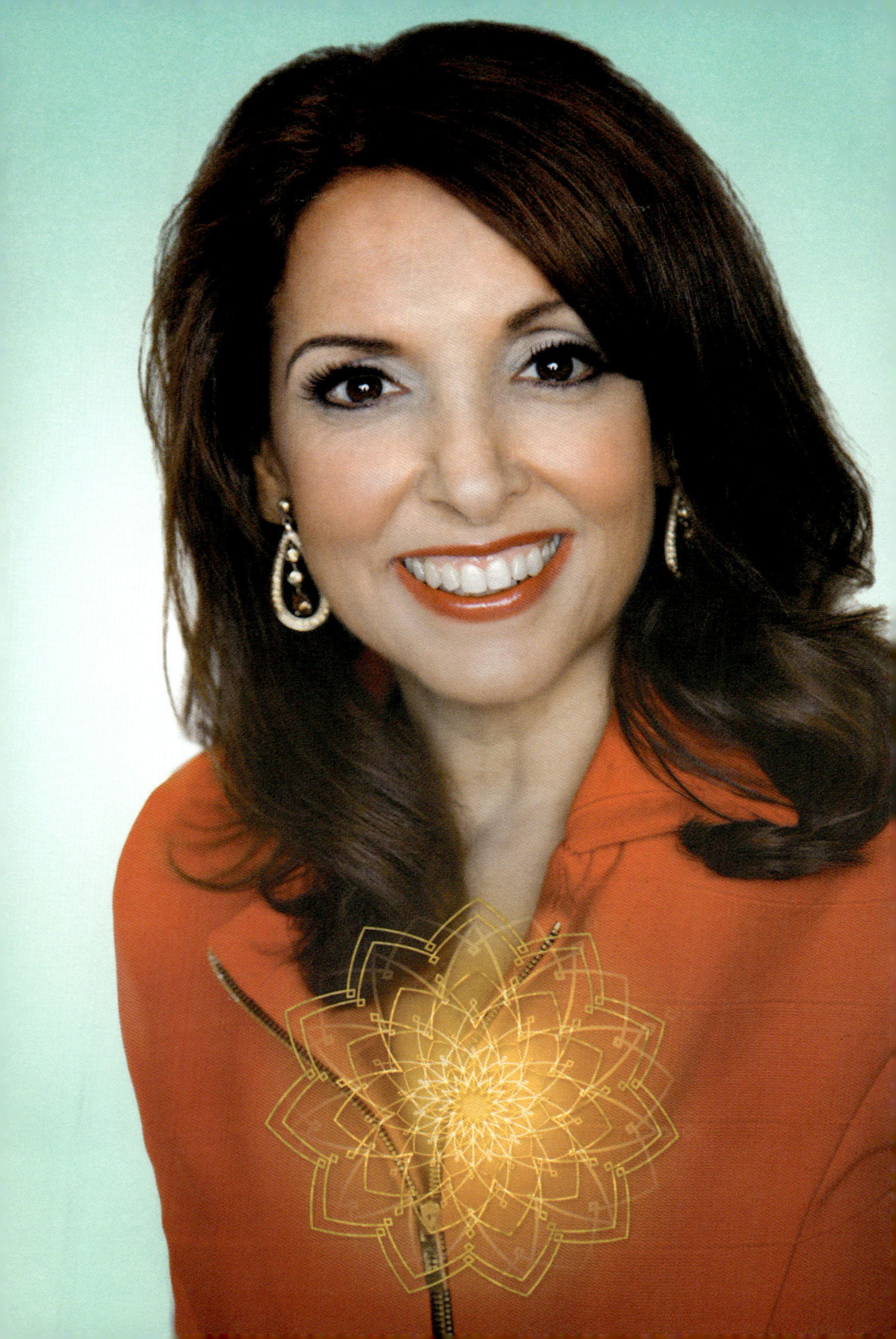

pois disso fazemos as coisas acontecerem. Realizamos o trabalho e superamos desafios, limitações, dúvidas e medos para fazer aquilo que no fundo sabemos que devemos fazer. Esse é o poder do coração em ação, da sua forma mais proveitosa.

GARY ZUKAV

Qual é a sabedoria do coração? É o que você tem de mais saudável, mais terra a terra, mais construtivo e mais vivificante para viver uma vida com "V" maiúsculo.

O coração é então a essência de quem você realmente é, de modo que apenas pelo coração você sabe para onde ir e por que estamos aqui na Terra. Às vezes, apenas o coração o faz saber o que deve ser feito. Isso porque o cérebro possui uma visão limitada das circunstâncias, ao passo que o coração as avalia de uma perspectiva mais elevada.

Quando o coração se manifesta, a mente percebe que é indecente se opor.
—MILAN KUNDERA

Já lhe aconteceu de não estar conseguindo resolver um problema, sair para caminhar, a fim de arejar a cabeça, e descobrir a solução perfeita? Esse é justamente o poder do coração, abri-lo para a energia e a inspiração a sua volta. Quando você opta por ouvir e abrir o coração, você topa com essa poderosa fonte de sabedoria.

GARY ZUKAV

A sabedoria do coração apreende o poder, a beleza e a oportunidade de cada momento vivido e acolhido por você.

Cada novo dia apresenta uma nova oportunidade para você abrir o coração. Ao fazer isso, você nota a bondade das pessoas e percebe coisas a que antes não dava valor. Isso o faz colocar as decepções em perspectiva e o torna mais receptivo às grandes oportunidades que se apresentam com regularidade.

Ao abrir o coração, você percebe a dimensão mais profunda de sua existência. Você entende quem realmente é, e também por que está neste mundo.

ECKHART TOLLE

O coração revela uma dimensão essencial que abrigamos dentro de nós mesmos, de modo que, se você não se conecta com essa dimensão e vive como se isso não existisse, acaba se esquecendo do seu verdadeiro propósito neste planeta, a despeito do que tenha conquistado externamente.

DEEPAK CHOPRA

Em todas as tradições de sabedoria, a verdadeira casa do espírito é em lugar nenhum, um lugar para além do espaço e do tempo, mas que se expressa no espaço-tempo. E claro que na maioria das tradições espirituais o coração é a porta de entrada do espírito transcendente no mundo localizado no espaço-tempo.

NEALE DONALD WALSCH

O segredo do coração humano é o de se mesclar com Deus em uma única identidade.

MAYA ANGELOU

Deus fala no coração do próprio coração. Deus fala do coração.

GARY ZUKAV

A inteligência divina está no coração. Ninguém encontra sua alma no intelecto.

Com a voz do coração, acessamos a dimensão divina que está dentro de nós desde o primeiro dia. No coração, a dimensão divina e nosso eu interior são um só.

> *Bem-aventurados sejam os puros de coração,*
> *porque deles será o reino de Deus.*
> —JESUS

CONTEMPLAÇÃO
Caminhando em silêncio

Cada respiração e cada passo podem ser repletos de paz, alegria e serenidade. Só precisamos despertar e viver no momento presente.

—THICH NHAT HANH

A caminhada consciente é uma tradição de muitas culturas. O cérebro deixa de lado preocupações e problemas quando o corpo está fisicamente ativo. Faça uma caminhada – no apartamento, no parque ou onde se sentir melhor – para acalmar a mente e ouvir a voz do seu próprio coração.

Caminhe com um ritmo confortável e preste atenção em cada passo. A cada passo, você chega ao aqui e agora. Chega ao momento presente. Fique atento ao modo pelo qual cada pé pisa no chão. Sinta cada ponto de contato, tanto no calcanhar como nos dedos. Fique atento a cada passo e preste também atenção em sua respiração. Ao inspirar o ar a cada passo que der, diga para si mesmo: "Dentro." Ao expirar, diga para si mesmo: "Fora." À medida que sua mente silencia a cada passo e cada respiração, abre-se um espaço para que seu coração se comunique com você.

Depois que estiver com a mente e o corpo serenos, concentre-se no seu coração. Caminhe consciente do seu coração, na companhia do seu coração. E, quando se sentir pronto, pergunte ao seu coração: *O que você quer que eu saiba?*

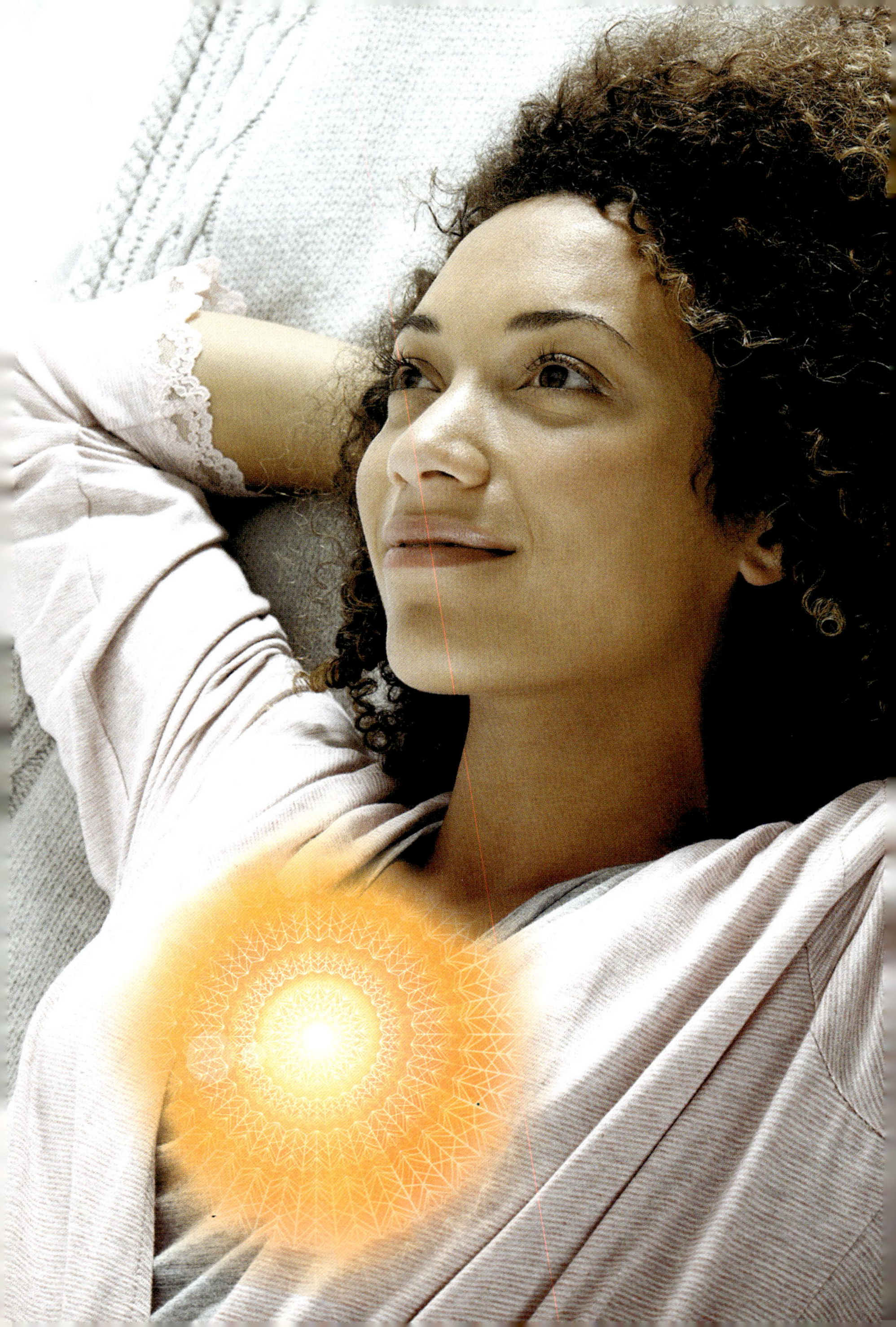

4. A inteligência do coração

As melhores e mais belas coisas do mundo não podem ser vistas nem tocadas – elas devem ser sentidas com o coração.

—HELEN KELLER

Se não levarmos isso em conta, prestaremos mais atenção nos pensamentos do dia a dia e negligenciaremos a orientação interior que o coração nos oferece. Geralmente nos trancamos dentro da cabeça, programando-nos para colocar rédeas nas emoções, e com isso descartamos os pressentimentos e as intuições como impróprios, assustadores ou estranhos. Quando confrontados com uma decisão importante, na maioria das vezes pesamos os prós e os contras e optamos por uma escolha racional.

Um bom coração é melhor que todas as cabeças do mundo.

—ROBERT BULWER-LYTTON

Você já tomou uma decisão racional, quer tenha funcionado ou não, e depois pensou: "E se eu tivesse ouvido o meu coração?" Você já deixou de fazer o que o coração mandava por temer a reação de outra pessoa? Já arranjou uma desculpa para não fazer aquilo que no fundo do coração queria fazer? Cada vez que ignoramos as mensagens do coração, sepultamos nossos sonhos e extinguimos nosso fogo interior.

PAULO COELHO

Conheço um monte de pessoas que estão "mortas". Mas que andam, falam e assistem à televisão. Embora às vezes trabalhem duramente, de alguma forma a centelha de energia divina se perdeu. Isso não significa que esteja perdida para sempre. A criança que elas têm na alma poderá dizer "olá" novamente e fazer essa centelha se manifestar. Mas essas pessoas renunciam aos próprios sonhos. Perdem o contato com o sonho. E uma pessoa que se desliga do coração não vive.

Quando você se desliga do seu coração, você se sente desconfortável, como se estivesse vivendo na superfície, perdendo alguma coisa. Mesmo que esteja desiludido ou frustrado, peça ao seu coração para religá-lo às suas emoções mais profundas – elas são a centelha de energia divina que é vital para uma vida com sentido.

Paulo Coelho (ao lado)

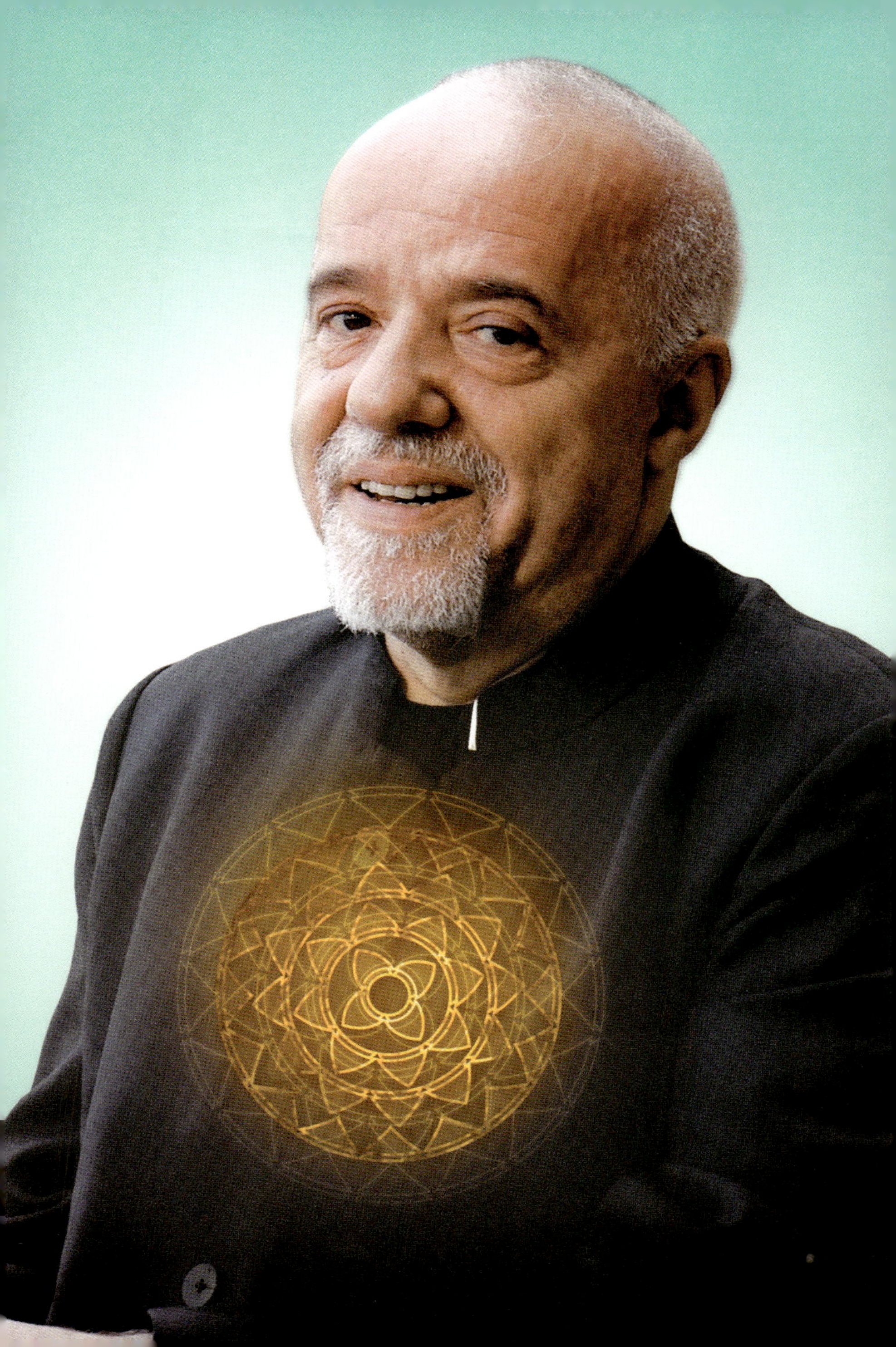

MICHAEL BECKWITH

A inteligência do coração é bem maior do que imaginamos com a razão.

Talvez por isso você possa seguir os sussurros do seu coração, embora geralmente de maneira inconsciente. Para tornar-se consciente da inteligência do seu coração, deixe-o aberto e ouça sua voz interior.

PAULO COELHO

Não perca a esperança. Deus vai encontrar um jeito de dar um peteleco na sua cabeça para dizer: "Vamos lá! Lembre-se do seu propósito na vida!" Dê uma chance ao seu sonho. Você não vai se arrepender. Isso não quer dizer que não vai sofrer. E também não quer dizer que não terá derrotas. O que estou dizendo é que você não vai se arrepender.

Seu coração transmite sentido na sua vida e para sua vida. Com o coração, você se conecta com uma fonte mais ampla de conhecimento, à qual não se tem acesso com a mente. O filósofo Blaise Pascal não poderia ter dito isso melhor que desta maneira: "O coração tem razões que a razão desconhece."

Segundo Steve Jobs, cofundador e presidente da Apple, o coração é fonte de inspiração e realização. Ele atribui suas realizações ao poder do coração: "A única maneira de alcançar a verdadeira satisfação é fazer o que você acha ser um grande trabalho. E a única maneira de fazer um grande trabalho é amar o que faz. Se você ainda não o encontrou, continue procurando e não se acomode. Como acontece em todos os assuntos do coração, você saberá quando encontrá-lo. E como acontece nos grandes relacionamentos, vai ficando cada vez melhor com o passar dos anos. Então, continue procurando. Não se acomode."

Por meio do coração, você aprende seu grande desejo e sua grande paixão, e pelo coração você adquire espontaneidade e criatividade para romper as restrições diárias a sua vida e imaginação – e para viver plenamente. Quando você abre o coração, o mundo se transforma – e se abre a sua volta. Você se vê como parte de um universo amistoso e pleno de possibilidades, gerando e regenerando uma energia positiva.

DEEPAK CHOPRA

Entrar em contato com o seu coração é como se conectar àquele espírito ou consciência universal. O seu coração é um pequeno computador que se conecta ao computador cósmico onde tudo é uno.

O coração o coloca em conexão com um imenso servidor: o universo. Um servidor onipresente, até mesmo quando você está desconectado. Quando você se conecta com a energia do universo, acessa um cenário mais amplo e se conecta com sua vida e com a vida dos outros. Seu coração sabe o que o deixará feliz.

NEALE DONALD WALSCH

O conselho que posso dar para todos, especialmente para os jovens, é o seguinte: use o coração. Esqueça a mente. A mente se limita a envolvê-lo em sua história, em sua imaginação e em sua ideia pessoal, geralmente a pior que tem na ocasião. Já o coração sempre sabe a verdade. O coração nunca o deixa errar. Ouça-o e certamente não errará.

Aos olhos do coração, a vida segue como o curso de um rio – da fonte até o mar. Já a mente só consegue olhar até a próxima curva. Ocupa-se com um emaranhado de preocupações imediatas e metas de curto prazo que geralmente bloqueiam a visão para objetivos mais amplos. A mente o mantém remando, uma remada após outra, de costas para o objetivo, de modo que você só entrevê por onde passou depois que passou. E dessa maneira, quando você topa com uma dificuldade ou com a necessidade de mudar de rumo, você se sente frustrado.

Mas, quando você abre o coração, descobre aquilo que ele já sabia e que sua mente estava preocupada demais para notar – havia corredeiras à frente e você já devia estar preparado. Abra o coração, pois os sussurros da consciência superior do coração captarão os sinais de turbulência para você. E isso será feito com a intuição, e não com a razão.

PAULO COELHO

Você começa ouvindo, ouvindo seu coração. E depois você o manifesta na realidade do mundo físico.

Reserve um tempo de paz e quietude para ouvir seu coração. Se você se comunica constantemente com os outros, seja por telefone, mensagens de texto ou e-mails, isso o impede de receber as mensagens do seu coração. Você ocupa todos os circuitos, e sua voz interior não consegue transmitir. Você se distrai com o trabalho, e as preocupações e seus pensamentos se fragmentam em pedacinhos.

ISABEL ALLENDE

Só nos conectamos com o coração quando estamos em silêncio. Nós vivemos em meio a ruídos e nos ocupamos tanto que não sobra tempo nem espaço nem silêncio para o coração. Nós meditamos ou rezamos porque precisamos de espaço e tempo para ouvir o coração.

Geralmente passamos os dias em meio a correrias, ora aprisionados e oprimidos, ora desempenhando a rotina como sonâmbulos. Há coisas que não podemos mudar ou influenciar: doenças incuráveis, desastres naturais, a morte. Mas muitas coisas escapam do nosso controle porque não ouvimos os sussurros do nosso coração em meio aos ruídos de nossa mente. Com a mente serena, você entra em sincronia com seu coração.

MICHAEL BECKWITH

Quando não ouvimos o coração, resta-nos apenas ouvir a tagarelice do mundo, aprisionados na sociedade consu-

mista de medos e preocupações e sem poder viver a vida. Temos uma vida para viver. O coração tem as respostas.

Preste atenção no seu coração e entre em conexão com o todo-poderoso servidor universal. Com a informação vital do servidor universal, você toma posse de sua vida e coloca as responsabilidades diárias e metas de curto prazo em prol de um propósito maior.

JANE GOODALL

Se não levamos o coração em consideração, acabamos tomando decisões baseadas em "como isso poderá me ajudar agora?" e "como isso poderá afetar a próxima reunião ou a próxima campanha política?".

Deixe a cabeça de lado e ouça a voz do coração. Sente-se com calma por um tempo e concentre-se nos seus diferentes pensamentos e impulsos. Assim, você poderá prestar atenção no que é importante e saber o que está destinado a fazer e o que está destinado a alcançar.

PAULO COELHO

Quando você ouve seu coração, você consegue abrir a porta.

Sua mente e sua atenção são como músculos que necessitam de exercício. E o exercício que sua atenção necessita é concentração serena e cuidadosa. Isso condiciona a mente a centrar-se, e não fragmentar-se. Respirar, andar ou sentar-se com plena atenção fortalece a consciência e faz a mente entrar em sincronia com a inteligência dos batimentos cardíacos.

> *Aqueles que invocam a Deus com sinceridade de coração serão ouvidos e receberão o que pediram e desejaram.*
> —MARTIN LUTHER

Às vezes, o coração diz coisas que soam estranhas ou ilógicas – a princípio. Mas não descarte as mensagens. Sente-se e escute-as. Em vez de analisá-las, procure apreciá-las do jeito que são sentidas. O caminho até o coração baseia-se no sentimento. A inspiração do coração é sentida de um modo orgânico e natural. Deixe sua voz interior avaliar o sentido das mensagens. Pergunte a si mesmo: "Como me sinto a respeito da orientação que recebi?" Sabemos que uma escolha é motivada pelo coração quando sentimos que ela se adapta a nós.

MAYA ANGELOU

Incrível! Quero dizer que você deve ouvir o coração, ouça-o. Talvez ele pareça frívolo a princípio, mas ele precisa de você e diz: "Vamos lá, posso lhe mostrar o que você realmente tem que fazer."

Se você não sabe o que fazer, não faça nada. Não preencha o tempo com trivialidades. Simplesmente não faça nada. Fique sentado. Não faça nada e acabará ouvindo seu coração.

CONTEMPLAÇÃO

Sentar e ouvir

Sente-se em algum lugar tranquilo para que seu corpo e sua mente entrem em sincronia ao mesmo tempo e no mesmo lugar. Inspire e expire três vezes profunda e lentamente para acalmar a mente. Preste atenção no seu coração para ouvir a sede de sua alma. Ao prestar atenção no seu coração, você o acessa como uma inteligência autônoma e o deixa disponível. E também o deixa adaptável e flexível.

Concentre-se na respiração enquanto estiver inspirando e expirando. Se surgirem pensamentos e preocupações, espere até que se dissipem e concentre-se de novo na respiração. Isso abre espaço para o coração falar com você. Concentre-se apenas em inspirar e expirar... Inspire e expire...

Quando se sentir tranquilo, volte a concentrar-se no coração. Para se conectar com a energia do coração, pergunte a si mesmo: *o que me faz feliz? O que gosto de fazer? O que me traz alegria? Quais são minhas paixões? O que me deixa inspirado e realizado?*

Agora, pergunte a si mesmo se alguma coisa o impede de se conectar com seu coração: *o que me faz perder tempo com o que me deixa infeliz e me tira a alegria?*

Agora, pergunte ao seu coração: *o que posso fazer para superar o que me impede de me conectar com você? Que passos grandes ou pequenos devo dar? O que posso fazer para me inspirar e me completar?* Fique aberto para a resposta do seu coração, ainda que tenha medo de ouvi-la. Com o coração, você poderá encarar a verdade e encontrar seu próprio caminho. Seu coração tem todas as respostas.

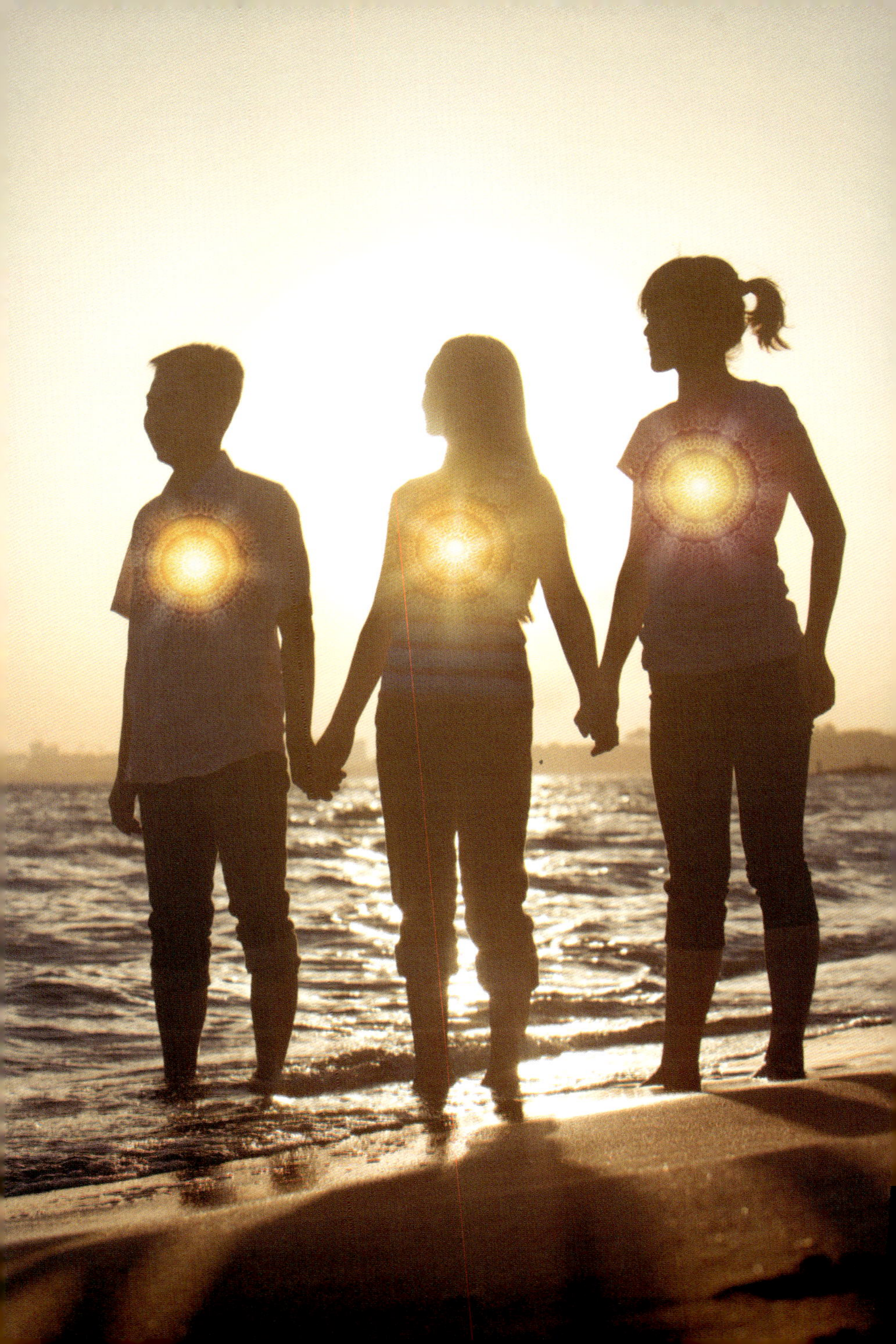

5. Coerência: viver o agora

> *O presente morre a cada momento e torna-se passado, e renasce a cada momento no futuro. Toda a experiência é agora. O agora nunca termina.*
>
> —DEEPAK CHOPRA

Se o batimento do coração é muito importante, como ele bate também é importante.

O Instituto HeartMath, um dos principais centros de pesquisa sobre o coração e seus efeitos na vida em geral, demonstra que existe uma ligação entre o batimento cardíaco e o estado emocional. O coração é mais rápido que o cérebro para responder aos acontecimentos porque as emoções são mais rápidas e mais poderosas que os pensamentos. Os reflexos do coração no estado emocional também são maiores que os do cérebro. Em outras palavras: quando você está com medo, nervoso ou frustrado, o seu ritmo cardíaco torna-se instável e irregular. Mas, quando você ama, sente-se valorizado ou está criando alguma coisa, seu ritmo cardíaco apresenta um padrão bem diferente. Torna-se mais sereno e suave. Os cientistas referem-se a este padrão como "coerência cardíaca" e, quando o ritmo cardíaco é coerente, o corpo e a mente equilibram-se no momento presente. É quando você está física e mentalmente no auge, no agora.

> *Cada momento é único, desconhecido e inteiramente novo.*
> —PEMA CHÖDRÖN

Para experimentar a coerência cardíaca, conecte-se com seu coração, realizando o simples exercício de calma interior da página 47, desenvolvido pelo Instituto HeartMath.

Com um ritmo cardíaco coerente, os outros sistemas do corpo – cérebro e sistema nervoso, sistemas imunológico, endócrino, digestivo e circulatório – passam a funcionar melhor. Com um ritmo cardíaco incoerente, as emoções negativas, como medo e raiva, geram efeitos negativos sobre o sistema imunológico.

MARCI SHIMOFF

A coerência do ritmo cardíaco realmente ocasiona um ótimo funcionamento do coração. Mas não basta que você apenas pense em como chegar à coerência – não basta que apenas pense no amor para obter um ritmo cardíaco sincronizado. Você realmente precisa sentir amor, sentir gratidão, sentir zelo, sentir compaixão. Isso o levará a um ótimo estado de coerência.

Quando você se conecta com o coração, você amplia as emoções positivas que são a essência do seu poder autêntico.

Exercício de calma interior ou reação amorosa

Passo 1: Feche os olhos. Coloque a mão no coração. Com esse gesto simples, uma substância química chamada oxitocina (também conhecida como "hormônio do amor") percorre seu corpo.

Passo 2: Imagine-se inspirando e expirando pelo seu coração, com a expiração mais profunda que a inspiração, como se a gravidade puxasse a respiração até o solo. Inspire e expire por seis vezes, com a expiração mais profunda que a inspiração. Faça isso até a respiração acalmar e se tornar natural.

Passo 3: Continue respirando pelo coração. Em cada inspiração, imagine-se inspirando calma, amor e compaixão. Expire normalmente. Em cada inspiração, inspire calma, amor e compaixão. E expire. Na terceira vez que inspirar, sinta-se atraindo calma, amor e compaixão pelo seu coração. Ao expirar, abaixe a mão e abra os olhos.

Compare seu corpo agora a como estava um minuto atrás. Talvez você esteja se sentindo mais leve, mais relaxado e mais à vontade. Talvez esteja com uma sensação de calor no coração ou por todo o corpo.

Faça esse exercício sempre que puder, especialmente quando não se sentir muito estressado (ou quando realmente se sentir bem). Dessa maneira, poderá fazê-lo melhor quando estiver estressado e precisar se acalmar. Faça-o de olhos abertos após a primeira vez.

Depois que o fizer de três a cinco vezes por dia, ao longo das semanas seguintes, você assumirá a calma interior ou reação amorosa. Isso será cada vez mais um hábito e, quando se tornar um padrão de vida, o gesto de levar a mão ao coração automaticamente iniciará todo o processo.

GARY ZUKAV

Como se conectar com o coração? Este é o cerne da criação do poder autêntico. Criar o poder autêntico é aprender a distinguir amor e medo dentro de si mesmo e optar pelo amor, a despeito do que esteja acontecendo dentro ou fora de si.

Existem muitas outras maneiras de se conectar com o coração e viver o momento presente. Existem tantas maneiras de se conectar com o coração quanto as pessoas que existem no mundo.

ISABEL ALLENDE

Faço a conexão pela natureza, por meio do meu cachorro. Adoro brincar com cachorros. Isso faz meu coração arder e explodir.

Já é sabido que os animais e a natureza abrem nosso coração, além de nos acalmar e reduzir a pressão arterial e o estresse.

JANE GOODALL

Quando nos afastamos da natureza e deixamos de observar os pássaros que cantam nas árvores e de apreciar o céu azul, nos divorciamos do grande ser espiritual que rodeia a tudo e a todos. É importante que nos juntemos à natureza. Isso nos torna seres humanos completos, com coração, cérebro e espírito interligados como um todo.

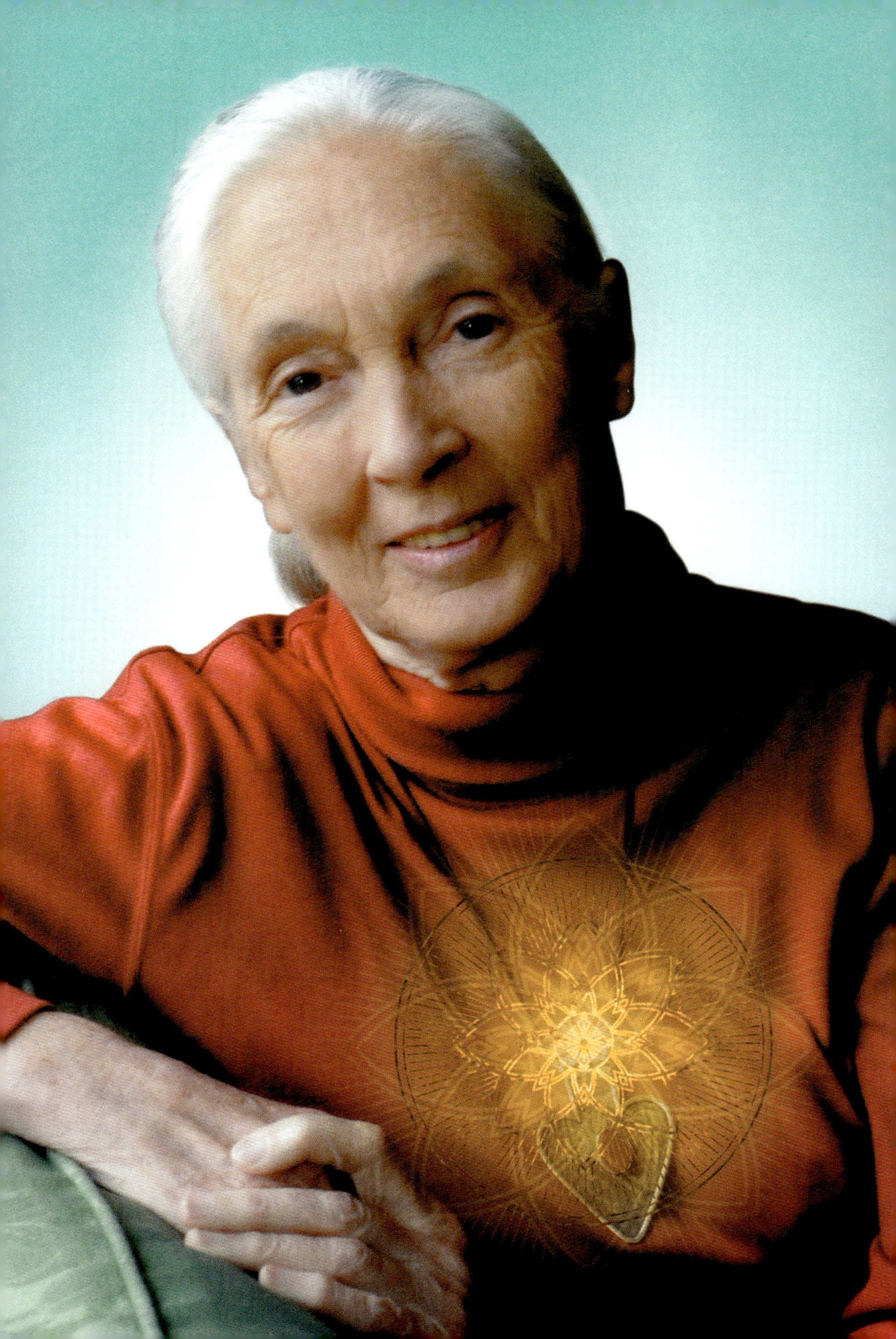

Existem muitos caminhos até o coração. As crianças geralmente seguem o próprio coração. São guiadas pelo entusiasmo e a intuição, e depois são ensinadas a conter esses impulsos. Para conectar-se com seu coração, reencontre-se com sua criança interior. Lembre-se das coisas que o animavam e o enchiam de alegria nos seus tempos de criança. Sinta tudo novamente, sem se importar se eram simples ou não – cores, lugares, brinquedos, comidas, jogos, visitas a amigos ou parentes. São esses detalhes que o colocam em conexão com seu coração.

PAULO COELHO

Para se conectar com seu coração, torne-se uma criança.

Em verdade vos digo que se não vos tornardes crianças não entrareis no Reino do Céu.
—JESUS

Religar-se à criança interior não significa agir de maneira infantil. Significa permitir que o eu adulto seja guiado pela criança interior, pela voz interior que nos conduz na direção certa com um suave sussurro. O coração revela as coordenadas do nosso verdadeiro caminho. Isso nunca nos deixa desviar da nossa própria trajetória, nem mesmo quando parece que o coração nos coloca fora da trilha.

ISABEL ALLENDE

Quando brinco com as crianças, quando faço amor com meu marido, quando leio um bom livro, quando estou es-

crevendo e um personagem adquire identidade própria e conversa comigo, em todas essas ocasiões meu coração também "vibra". As conexões com o coração talvez sejam as seguintes: criatividade, natureza, amor, oração e silêncio.

Embora existam inúmeras e diferentes maneiras de se conetar com o coração, o sentimento de conexão é uma experiência universal. Transcende as fronteiras e une as almas pelo planeta afora. O amor nos conecta com as outras pessoas. Seja lá onde estejamos, reconhecemos de imediato o amor da mãe pelo filho – a conexão do coração de ambos é palpável.

MARIANNE WILLIAMSON

Em qualquer continente, em qualquer lugar do planeta, observam-se mães com filhos no colo e cuidando de bebês, o que obviamente evidencia o amor das mães pelos filhos. Ao passear em qualquer lugar do mundo, topamos com amantes que claramente se mostram como se descobrindo alguma coisa especial, e ao interagir com isso percebemos que essa é a vida do coração.

Também nos conectamos com o coração quando enfrentamos dificuldades. A mortalidade, a perspectiva da morte nos faz ouvir a voz interior do coração que nos fala de nossas preocupações ou temores. Steve Jobs conectou-se com o coração ao encarar a perspectiva de sua mortalidade, o que o ajudou a tomar decisões importantes. "Isso porque", ele explicou, "quase tudo, todas as expectativas externas, todo o orgulho, todo o medo das dificuldades ou fracassos, tudo isso simplesmente se dissipa em face da morte, restando apenas o que é realmente importante."

Não há razão para não seguir o próprio coração.
—STEVE JOBS

ECKHART TOLLE

Como podemos nos conectar com o coração? Eis o ponto de partida: tudo que você tem está neste momento. Considere então o aqui e agora com mais profundidade.

O poder do coração é o poder do aqui e agora, é o despertar para o momento presente. Concentre-se em viver a abundância do momento presente. Se permanecemos presos ao passado, agarrados à bagagem de decepções ou relacionamentos antigos, bloqueamos as riquezas do presente. Se nos preocupamos demais com o amanhã, não conseguimos ouvir o coração no aqui e agora.

MICHAEL BECKWITH

Para desfrutar a sabedoria do coração, é preciso ouvir. Ouvir baixinho. Eis o que diz Ralph Waldo Emerson: "Aquiete-se, concentre-se dentro de si e observe que as respostas não estão em qualquer lugar do mundo exterior." As respostas, a orientação intuitiva, a sabedoria estão no seu coração.

Michael Beckwith *(ao lado)*

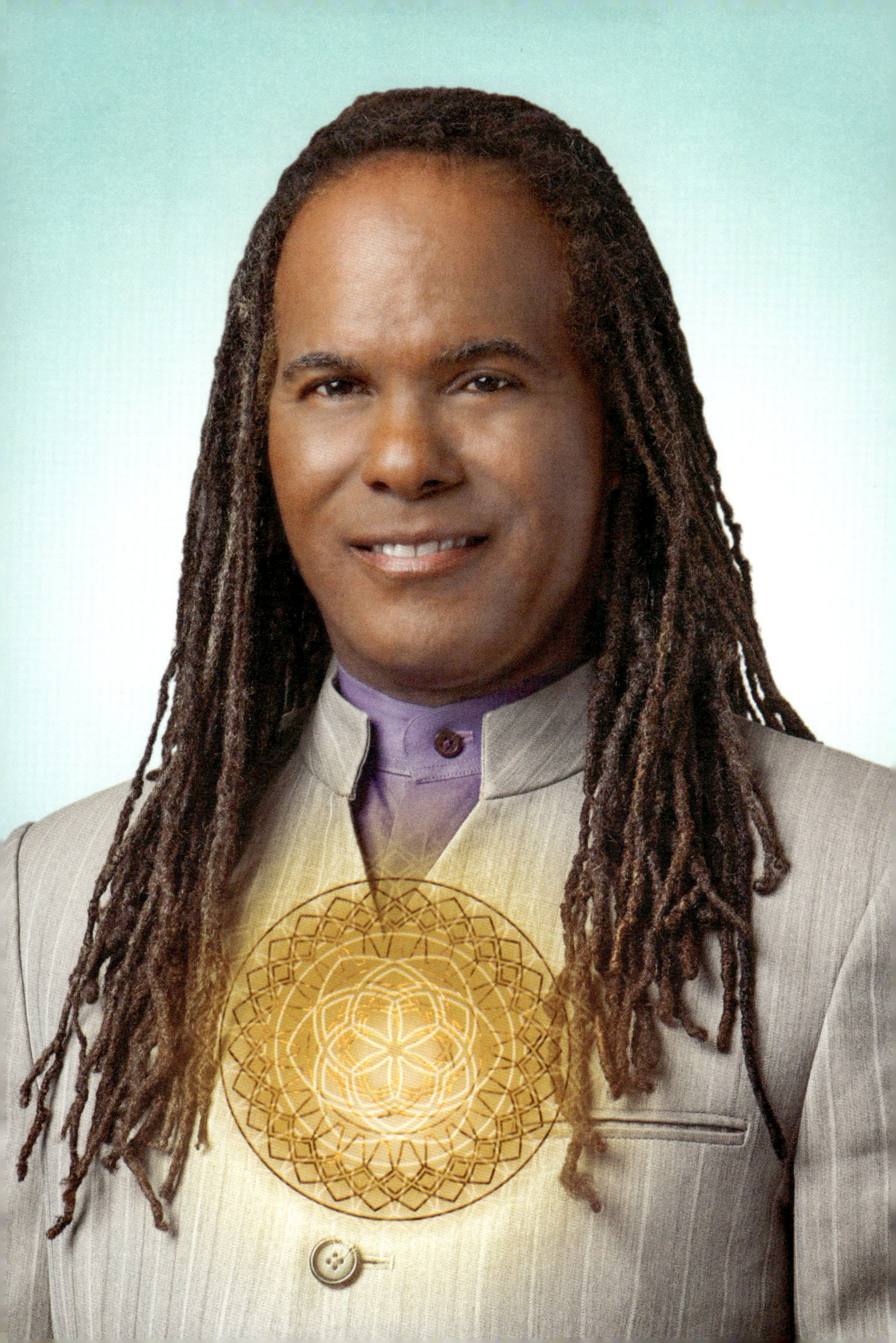

As respostas estão no seu coração. Encare a vida como uma sequência de momentos presentes. Quanto mais conseguir absorver o momento presente, mais oportunidade terá de ouvir a voz do seu próprio coração.

MAYA ANGELOU

Claro que podemos ouvir tudo. Com o ouvido podemos ouvir os pássaros, o farfalhar das folhas das árvores, a correnteza do rio e os refluxos do oceano. Mas apenas com o coração podemos ouvir de verdade. Só assim ouvimos as mensagens da verdadeira sabedoria. Isso é realmente o melhor que podemos ouvir. Só assim nos acalmamos quando precisamos nos acalmar.

Reflita sobre um belo momento enquanto o vive. Aprecie as coisas mais triviais e comuns. Certifique-se do quanto realmente significam uma boa conversa, uma bonita canção, uma cadeira confortável e um raio de sol que espreita por entre um cobertor de nuvens.

> *Quando você abraça o presente e funde-se a isso, tornando-se uno com isso, você vive em meio a um incêndio, a um brilho, a um clarão de êxtase. E torna-se feliz, alegre e livre.*
> —DEEPAK CHOPRA

Aproveite o dia! Brinque com seu filho, escute música, caminhe no parque, faça amor, leia poesia. Concentre-se no que é prazeroso. Isso o mantém conectado com seu coração.

ECKHART TOLLE

Ouvir o coração quer dizer estar conectado com o nível mais profundo dentro de si mesmo.

O coração é naturalmente sereno, claro e forte, qualidades do nível mais profundo da consciência humana. Quanto mais você se conecta com sua essência, mais amoroso se torna e mais prazer extrai de tudo que encontra pelo caminho.

GARY ZUKAV

E quanto mais faz isso, mais aspectos amorosos de sua personalidade e de suas experiências preenchem o campo de sua consciência, tornando-o cada vez mais amoroso. Essa é então a maneira de começar a expressar seu coração.

Como diz o padre Matthew Fox: "Se você abafar sua paixão, de onde virá sua compaixão?" Mesmo em meio a circunstâncias difíceis ou tristes, você pode contar com a orientação do seu coração. À medida que se aprimora em ouvi-lo, você entra em conexão com outras pessoas e com novas opções e soluções. Seu coração abre seus olhos para as coisas que sua mente não leva em consideração. A decisão tomada pelo coração será sempre o melhor caminho para você.

O agora é tudo que sempre é.
—ECKHART TOLLE

CONTEMPLAÇÃO

Consciência do presente

Seu compromisso na vida é agora, no momento presente. Reserve um minuto para exercitar a respiração. Você pode respirar de maneira consciente em qualquer lugar – sentado, no carro, no metrô, no ônibus, enquanto espera na fila ou caminha ao redor do quarteirão. Exercite a calma interior ou reação amorosa: feche os olhos. Coloque a mão no coração. Imagine-se inspirando e expirando pelo coração, com a expiração mais profunda que a inspiração. Inspire e expire seis vezes ou até que a respiração esteja calma e natural. Agora, a cada inspiração, sinta-se inspirando serenidade, amor e compaixão através do coração. Expire normalmente.

Continue respirando de maneira consciente. A respiração o torna consciente de si mesmo no momento presente, onde quer que esteja. Só com a mente apaziguada pelo ato de inspirar e expirar é que se percebe a beleza do aqui e agora. Encare a vida como uma sequência de momentos presentes. O passado se foi, e o futuro ainda não está aqui. É no momento presente que você entra em conexão com seu coração. Ouça o que o coração diz para você.

PARTE 2
Os poderes internos

O poder para a criação de um futuro melhor está no momento presente: você cria um bom futuro quando cria um bom presente.
—ECKHART TOLLE

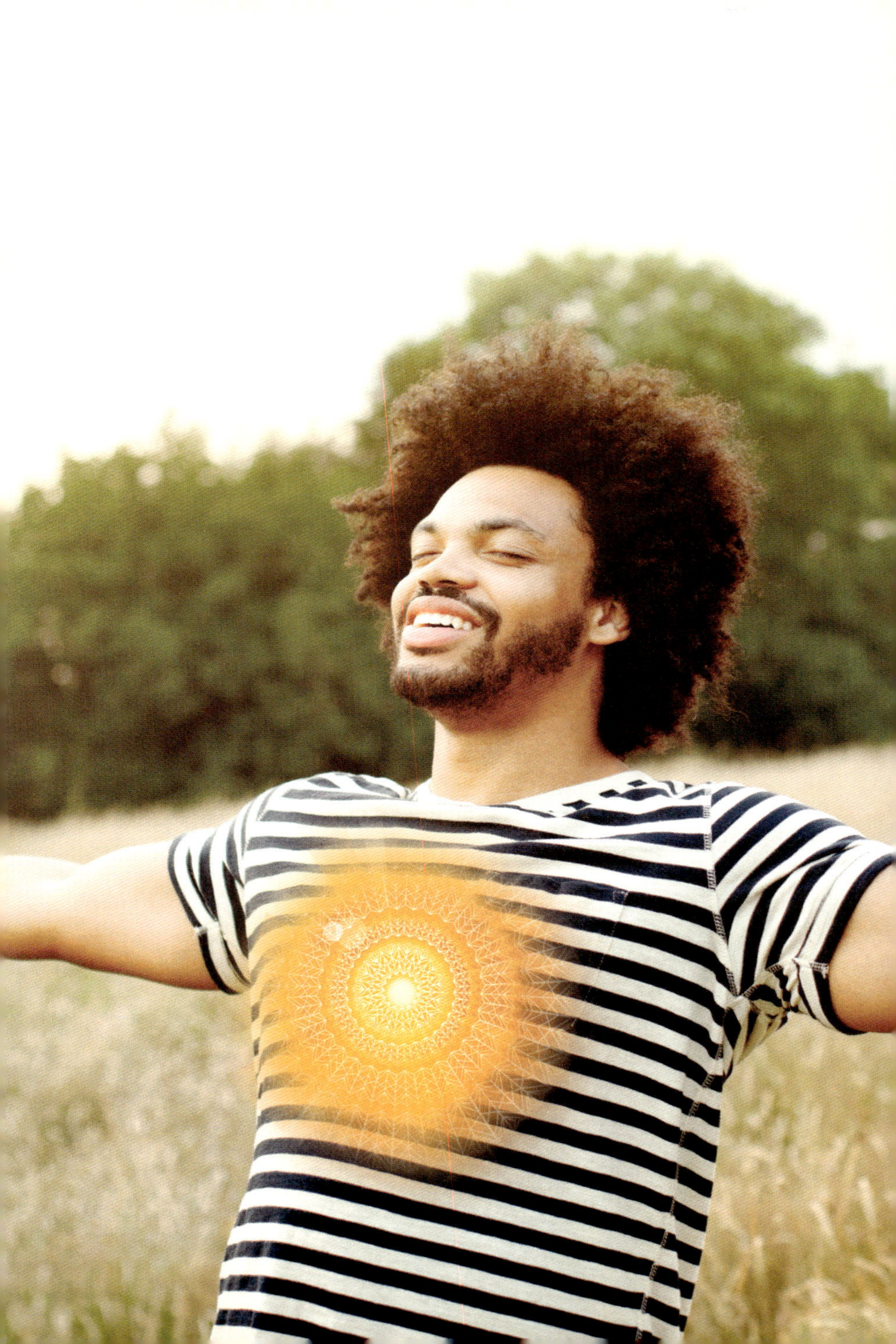

6. O poder da gratidão

É a gratidão pelo momento presente que abre a dimensão espiritual da vida.
—ECKHART TOLLE

Gratidão, a aptidão para contar as próprias bênçãos, é a melhor forma de se conectar com o coração.

NEALE DONALD WALSCH

Coração é gratidão. Coração é sentimento. É o santuário dos sentimentos mais profundos da experiência humana. Entre esses sentimentos, está o de gratidão. O sentimento de gratidão, de reconhecimento, de amor para cada detalhe da vida, e até mesmo, ouso dizer, de amor por si mesmo.

Nosso coração se abre quando agradecemos pelo que temos. Apreciamos as outras pessoas pelo que são, e elas nos retribuem. E a gratidão gera ainda mais abundância.

MARCI SHIMOFF

Muitas vezes me perguntam: "Qual é o caminho mais rápido para o amor?" E sempre me ocorre uma resposta: "Gratidão." Nosso coração se abre quando agradecemos pelo que acontece em nossa vida. Essa é uma forma efetiva de assimilar e saborear o bem que nos é destinado.

Diz um velho ditado: "Agradeça por aquilo que você aprecia." Quando você aprecia alguma coisa, isso flui ainda mais para sua vida.

Vivenciamos a gratidão em dois níveis diferentes: o primeiro nível abrange coisas e interações cotidianas. Isso varia da gratidão pelo teto sobre a cabeça e o alimento para os filhos até um sorriso que recebemos de um transeunte na rua. O segundo nível é a capacidade de apreciarmos o que temos, até mesmo depois de uma grande perda.

ECKHART TOLLE

Ser grato é outro aspecto essencial de uma vida em conexão com o coração; isso ocorre naturalmente.

NEALE DONALD WALSCH

A gratidão transforma tudo. Por isso mesmo sempre digo que, se você realmente quer agradecer de maneira poderosa, faça isso antes, e não apenas depois de um acontecimento em particular.

JOE DISPENZA

Geralmente damos graças pelas coisas que já aconteceram. Assim, em certo sentido, somos hipnotizados e condicionados a acreditar que precisamos de um motivo para a alegria e de um motivo para a gratidão.

Seja grato. Isso o levará a uma dimensão mais ampla e mais positiva.

MARCI SHIMOFF

De fato, as imagens do cérebro daqueles que vivenciam o amor incondicional mostram uma grande atividade cerebral, de modo que são pessoas mais inteligentes e mais criativas. Quanto mais agradecemos e perdoamos os outros, mais ganhamos em inteligência.

Se você quiser ser mais consciente daquilo que merece gratidão e mais receptivo à beleza e ao amor da vida, mantenha um diário de gratidão. Comece por escrever a cada dia um mínimo de cinco coisas pelas quais você é grato. As pessoas que registram regularmente as coisas pelas quais são gratas tornam-se mais felizes que as outras – e essa felicidade perdura. Um diário de gratidão funciona bem melhor que terapias ou medicamentos antidepressivos.

HOWARD MARTIN

É muito, muito simples: quanto mais apreciamos algo, mais ganhamos. Apreciar é um sentimento próprio do coração.

Quando apreciamos algo ou agradecemos por alguma coisa, acessamos a inteligência do coração, especialmente quando nada sai do jeito que queremos. Levar alguma coisa em consideração nos momentos duros da vida transforma as energias com muita rapidez. Isso nos leva a um nível que se sobrepõe aos problemas e que nos faz enxergá-los melhor. E assim encontramos maneiras de lidar com as dificuldades.

No *segundo nível* de gratidão, damos graças em meio a grandes decepções, como o rompimento de um caso de amor e a perda de um emprego, e até mesmo em meio a grandes tristezas ou tragédias, como a morte de um ente querido. Tal gratidão pavimenta o caminho para uma nova vida. E após os piores infortúnios, como uma doença, uma deficiência ou uma perda terrível, também somos capazes de assumir um novo entendimento, uma nova conexão e um novo relacionamento.

RUEDIGER SCHACHE

Se você se expressa com reconhecimento ou gratidão, envia amor para Deus e para todo o universo. A gratidão abre o coração.

PAULO COELHO

No final do dia, quando você abre o coração, essa energia de amor preenche a tudo e a todos.

MICHAEL BECKWITH

Quando você começa a viver nesse nível de gratidão, o universo responde a esse campo de energia e, como do nada, logo surgem inúmeras outras coisas a serem agradecidas.

O amor está em toda parte e sempre à espera do instante para libertar-se, como uma borboleta a sair do casulo. Você libera o amor que guarda em si quando valoriza a vida e os outros. E este amor irradiado para fora retorna para você, atraindo pessoas, ideias e acontecimentos que enriquecem a vida.

Ouvir com profundidade implica abrir mão da discussão interior que travamos com o mundo. Só assim deixamos esvair as suposições.

—MARK NEPO

MARCI SHIMOFF

Tal perspectiva nos mantém de coração aberto e em estado de amor. E quando vivemos em estado de gratidão e acreditamos na afeição do universo, acabamos transformando a tudo e a todos. Pois superamos o medo e nos desafiamos a nos abrir para a vida com os olhos do amor, com os olhos do coração.

CONTEMPLAÇÃO

Três bênçãos

Geralmente pensamos muito sobre o que está errado e pouco sobre o que está certo. Para uma vida mais saudável e feliz, pense mais sobre os acontecimentos bem-sucedidos e pratique o exercício de gratidão. O psicólogo positivista Martin Seligman desenvolveu o próximo exercício para incrementar a felicidade e o bem-estar daqueles que o praticam.

O QUE DEU CERTO, OU TRÊS BÊNÇÃOS

A cada noite, durante uma semana e por dez minutos antes de dormir, anote três coisas que deram certo para você no dia. Isso pode ser feito num diário, no computador ou na agenda. As três coisas que deram certo podem ser grandes ou pequenas, importantes ou sem importância. ("O trem chegou na hora certa." "Meu marido limpou a sujeira da calçada." "A cirurgia de minha sobrinha foi bem-sucedida." "Meu chefe deu um bônus para o nosso departamento.")

Ao lado de cada item que deu certo, responda à pergunta: "Por que isso deu certo?" ("O maquinista antecipou o mau tempo." "Meu marido pode ter sido atencioso." "Minha sobrinha encontrou o médico certo e bem preparado para a cirurgia." "Nosso departamento trabalha duro, como um time.")

Se fizer isso pelo menos durante uma semana, você vai se sentir melhor, mais feliz e mais agradecido pelas bênçãos que receber. E também estará mais conectado com seu coração e sua vida cotidiana. Quanto mais praticar a gratidão e contar as bênçãos recebidas, mais feliz você será e mais bênçãos receberá.

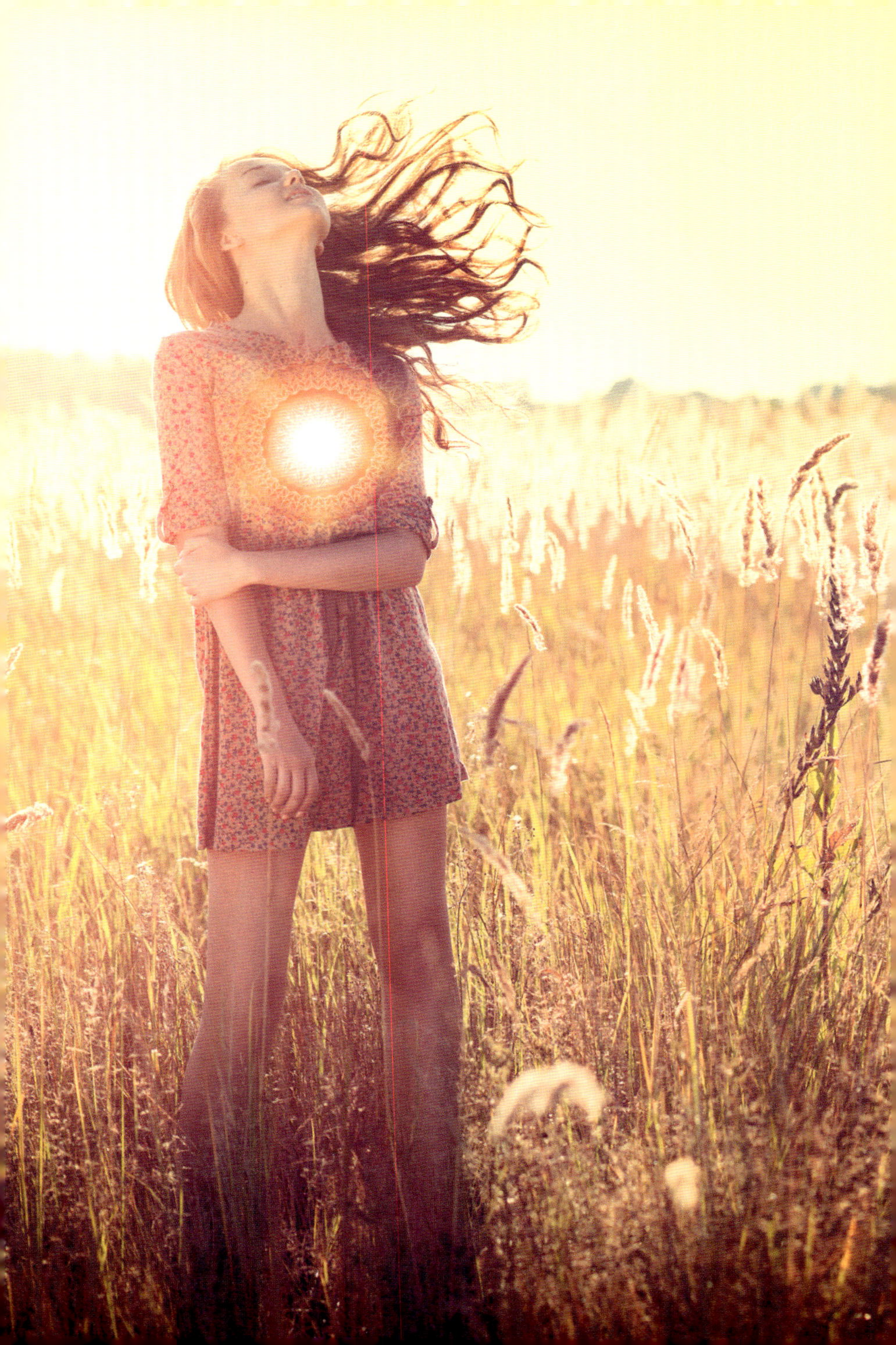

7. Tornando-se uma pessoa de coração

Quando você toca no seu coração ou deixa que ele seja tocado, você se descobre sem fundo... imenso e ilimitado.

—PEMA CHÖDRÖN

Como foram as palavras de Eckhart Tolle que me levaram a explorar os poderes do coração, eu estava particularmente ansioso para conhecê-lo e entrevistá-lo. Também queria ouvir o que ele tinha a dizer sobre a experiência do despertar pela qual passara quando era um jovem assistente de pesquisa na Universidade de Cambridge. Em sua casa, em Vancouver, Canadá, Tolle me disse que aos 20 anos lutara durante um longo tempo contra a ansiedade e insuportáveis pensamentos suicidas. O mundo lhe parecia frio e hostil, e ele então chegou a pensar que preferia deixá-lo mais cedo. Certa noite, com a dor, a ansiedade e o medo piorando cada vez mais, Tolle concluiu que simplesmente não conseguia conviver consigo mesmo.

Mas de repente ocorreu-lhe um pensamento diferente: "Se não consigo conviver comigo mesmo, talvez haja dois egos em mim, o 'eu' propriamente dito e o 'eu interior' com quem não consigo conviver." E ele então se deu conta de que talvez apenas um dos egos fosse real.

Foi uma percepção tão avassaladora que Tolle deixou de pensar. Apesar de plenamente consciente, não conseguiu mais formar um único pensamento e pela primeira vez na vida deixou a mente inteiramente de lado. Esboçou um suspiro de alívio, mas não o fez porque de repente sentiu-se atraído por um vórtice de energia e começou a tremer incontrolavelmente. Assustado com a ideia de que podia enlouquecer, agarrou-se desesperadamente a pensamentos sobre si mesmo: Ulrich Leonard Tolle, assistente de pesquisa, alemão, homem, um tipo... Mas já não lhe restava mais nada senão entregar-se ao turbilhão de energia. Ao fazer isso, uma voz dentro do peito sugeriu que ele não resistisse – e como por encanto, ele deixou de sentir medo.

Embora não se lembre mais do que aconteceu depois, Tolle sentiu-se diferente quando acordou na manhã seguinte. Em paz. O mundo ao redor parecia transfigurado. Já não era mais hostil, e sim bonito. Ele passeou pela cidade, extasiado com a beleza de tudo. Era como se, de alguma forma essencial, ele tivesse renascido.

Só depois ele entendeu o ocorrido. A pressão do sofrimento daquela noite se intensificara tanto que ele se viu inconscientemente forçado a se libertar do seu "eu" infeliz e assustado. Segundo o próprio Tolle, era como se de repente o passado tivesse se apagado e o futuro, perdido importância. Só importava o presente, o aqui e agora. E nesse poderoso aqui e agora, tudo era bom.

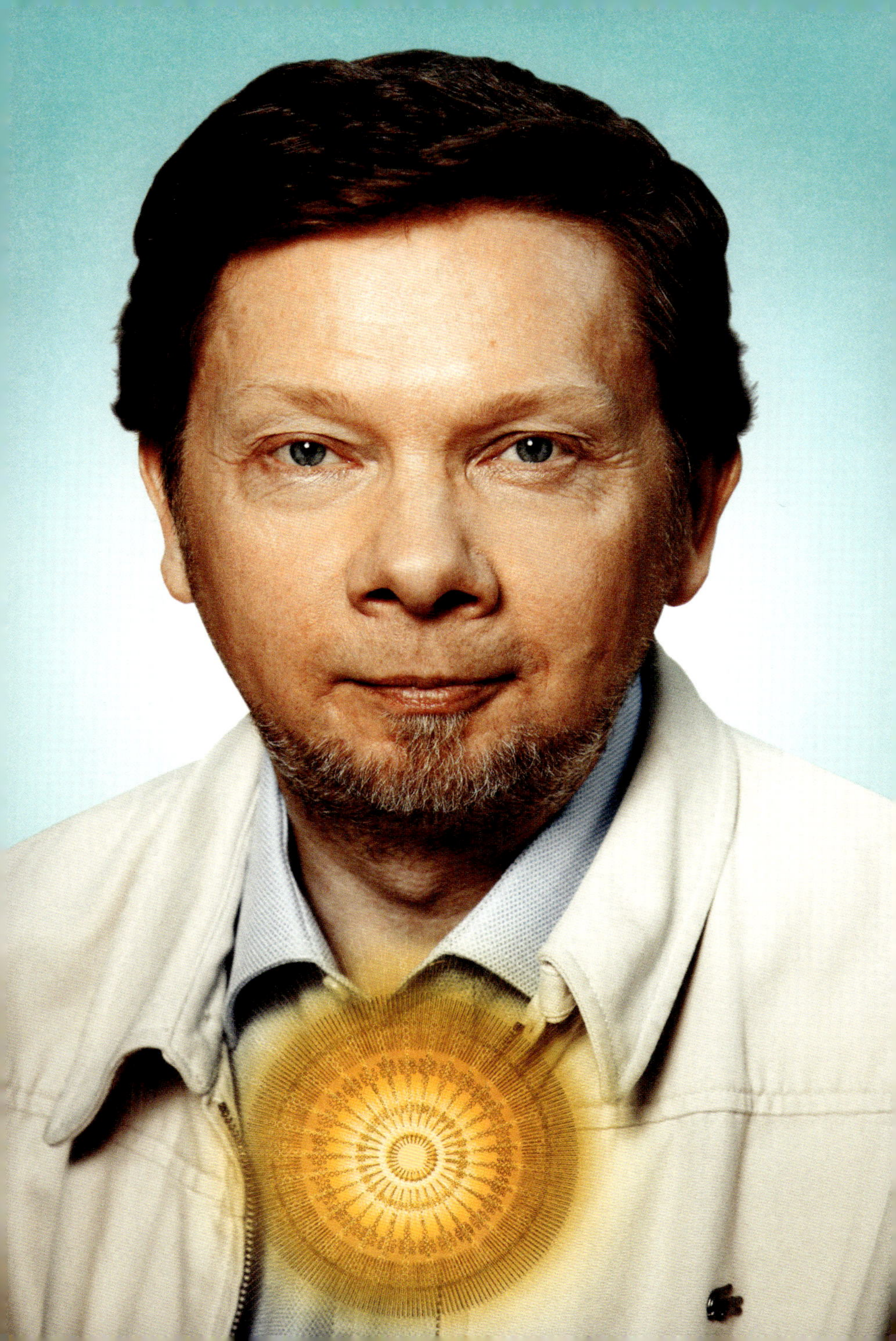

> *Esteja de corpo e alma onde quer que esteja. E se o aqui e agora é intolerável e o deixa infeliz, restam-lhe três opções: retirar-se da situação, alterá-la ou aceitá-la por inteiro. Se quiser assumir a responsabilidade por sua vida, escolha uma das três opções e faça isso agora mesmo. E depois aceite as consequências.*
>
> —ECKHART TOLLE, *O PODER DO AGORA*

Já com um novo estado de consciência, Tolle se deu conta de que só precisava ser ele mesmo. Seu verdadeiro propósito era estar no momento presente. Como ele próprio diz, chegaremos a esse estado de consciência, no qual estaremos no agora, unindo corpo e alma em uma única consciência, quando calarmos o barulho de nossos próprios pensamentos. Só assim poderemos nos conectar com nosso coração, o canal para nosso verdadeiro eu. Ao se concentrar no seu coração, ao ouvir a voz do seu coração, você conhece a si mesmo.

Você é mais que um nome, mais que uma nacionalidade, mais que uma profissão ou outros rótulos. Mesmo que adote um nome diferente ou mude de nacionalidade e de profissão, você continuará sendo quem é. E você também é mais que uma personalidade, quer seja um tipo competitivo, otimista ou fatalista. Assim como também é mais que um corpo físico. Mesmo que seja ultrajado e mude em alguns aspectos, em essência você é sempre o mesmo indivíduo.

DEAN SHROCK

Se me coubesse fazer um novo diagnóstico, chamaria isso de "identidade esquecida". Acho que nos esquecemos de quem realmente somos e também do poder e da verdadeira essência que temos.

Sua verdadeira identidade é seu coração, sede de sua alma, o núcleo mais autêntico e mais profundo de você. Seu coração e sua alma constituem a essência de sua personalidade. Sua personalidade atua no mundo dos cinco sentidos, mas você não percebe sua alma com eles. Sua alma ultrapassa o mundo dos rótulos.

> *Se você vive de acordo com a imagem que faz de si mesmo ou com a imagem projetada pelas outras pessoas, você vive de maneira falsa.*
> —ECKHART TOLLE, *O DESPERTAR DE UMA NOVA CONSCIÊNCIA*

Acontece que para viver no mundo assumimos diferentes comportamentos para nos adaptarmos às diferentes situações: em casa, no trabalho, na escola, na academia. Ao agirmos assim, geralmente projetamos uma imagem de nós mesmos, uma *persona* que contradiz nosso verdadeiro eu. Com isso, tememos o que realmente somos e negamos o nosso verdadeiro eu, escondendo-nos atrás de máscaras.

DEEPAK CHOPRA

Toda criança já brincou de esconde-esconde. E você sabe que, quando brincamos de esconde-esconde, uma parte nossa não quer ser descoberta, e outra parte quer ser descoberta. Enfim, primeiro nos perdemos e depois nos encontramos. Esse é o jogo da vida.

De certa forma, você passa quase toda a vida na brincadeira de esconde-esconde. Por um lado, não quer ser encontrado simplesmente porque se sente confortável com a personalidade que assumiu. Por outro lado, quer ser encontrado porque no fundo essa personalidade assumida choca-se com seu verdadeiro eu. Para resolver essa discrepância, alinhe sua personalidade com sua alma.

MARIANNE WILLIAMSON

Essa mudança de identificação com o corpo para identificação com o espírito é a própria iluminação. Isso quer dizer "partir das percepções da mente para o conhecimento do coração".

Ao deslocar a atenção da cabeça para o coração, você se conecta com seu verdadeiro eu e se encoraja a ser quem realmente é.

MARCI SHIMOFF

Tudo se transforma quando encaramos a vida com os olhos do amor e do coração. Ainda que o mundo exterior não se transforme ou não esteja ao nosso gosto, quando nossa percepção se transforma, quando substituímos os pensamentos pelos sentimentos de amor, tudo no mundo em volta se afigura diferente.

Quando observamos o mundo apenas com as lentes do pensamento, com as lentes da mente, o mundo parece difícil e hostil. Oitenta por cento dos 60 mil pensamentos que temos por dia são negativos. No entanto, quando prestamos atenção no coração e vivemos segundo ele, a vida parece diferente. O mundo parece diferente.

MARCI SHIMOFF

Em vez de negativo, o universo torna-se amistoso. Eis, segundo Einstein, a pergunta mais importante que podemos fazer a nós mesmos: "Esse universo é amistoso?" Os mais felizes entre nós respondem: "Sim, esse universo é amistoso." Mas isso não significa que tudo sempre corre a seu favor. Significa que você acredita que o universo esteja ao seu lado.

> *Nada é bom ou ruim, o pensamento é que torna tudo assim.*
> —WILLIAM SHAKESPEARE, *HAMLET*

De coração aberto, você se conecta à sua essência. Seu verdadeiro eu é na verdade um eu universal, sua parte na genuína identidade de algo bem maior que podemos chamar de "alma do mundo". Sua alma encontra-se em primeiro plano, e seu corpo, em segundo. Seu corpo é apenas um invólucro com o qual você atua no mundo físico, ao passo que sua alma transcende tanto as percepções e dimensões sensoriais como outros elementos do mundo físico.

> *Quando somos nós mesmos, nos projetamos para um destino além do imaginável. O ser que nutro dentro de mim é o mesmo ser que permeia cada átomo do cosmo.*
> —DEEPAK CHOPRA, *A FONTE DA VIDA*

Alinhar-se com o coração e a alma é conectar-se com o universo.

> *Os seres humanos são feitos de corpo, mente e espírito. E o espírito é fundamental porque nos conecta à fonte de tudo, ao campo eterno da Consciência.*
> —DEEPAK CHOPRA, *AS SETE LEIS ESPIRITUAIS PARA OS PAIS*

ECKHART TOLLE

Você alcança a Deus não saindo de si mesmo, o que, ao longo de milhares de anos, muitos fizeram em relação a Deus. Os olhos que se erguem para o alto à procura de Deus nunca O encontram em lugar algum. Já houve um astronauta russo que disse, ao retornar do espaço: "Não vi Deus lá em cima." Claro que isso não podia acontecer, porque Deus é a dimensão divina que constitui a essência de quem somos: o nosso coração. O coração do universo, o coração de quem somos.

Não existe diferença entre o seu verdadeiro eu e o verdadeiro eu das outras pessoas. Estamos todos conectados. Como diz Tolle, em *O poder do agora*: "Você não percebe isso simplesmente porque sua mente faz muito barulho."

NEALE DONALD WALSCH

No entendimento profundo de minha consciência, todos nós somos manifestações da divindade. Ou seja, cada um de nós é um aspecto singular de Deus. E experimentamos isso quando abrimos o coração. Só assim percebemos nossa verdadeira identidade, a parte mais profunda de nosso ser.

Já somos uma alma logo que chegamos à existência. Uma alma que mobiliza todas as funções vitais. E por ser imaterial, a alma não morre. A personalidade morre, mas a alma continua existindo.

Dra. Kathy Magliato, uma cirurgiã cardiotorácica que escreveu sobre as muitas implicações do coração, frequentemente testemunha os últimos batimentos cardíacos de pacientes que estão entre a vida e a morte. "Algo bem definido, algo bem distinto abandona o corpo quando o coração deixa de bater", ela diz e acredita que isso seja a alma. Ela também crê que "a alma reside no coração", porque a alma se afasta quando o coração deixa de bater.

A alma só é dada ao indivíduo.
—ALBERT EINSTEIN, "SCIENCE AND RELIGION"

A alma, o eu universal do ser humano, adota uma personalidade mundana. Uma personalidade que geralmente enfatiza as diferenças que existem entre nós. Mas, quando reconhecemos que todos somos seres espirituais em experiência humana, percebemos que estamos conectados e que antes de tudo somos almas.

GARY ZUKAV

E assim deixamos de ser insignificantes e indefesos e passamos a vislumbrar algo mais, algo que a princípio parece terrível – nós somos espíritos poderosos, compassivos, amorosos e criativos.

Você está aqui para viver de coração.

CONTEMPLAÇÃO
Um sentimento de paz

Só de coração aberto você enxerga os maravilhosos aspectos do mundo – amistoso, espaçoso, vivo. Cada aspecto tem seu lugar e significado próprios, escreve o físico e professor de meditação plena Jeremy Hayward, no livro *Sacred World: The Shambhala Way to Gentleness, Bravery and Power*, no qual ele também recomenda esta contemplação.

Para incrementar as percepções do seu coração, pense sobre a beleza de alguma coisa, uma flor, por exemplo, ou então olhe para ela. Observe-a por inteiro, tanto sua cor como a forma. Observe-a mais de perto, nos seus mínimos detalhes: os filamentos das pétalas e das folhas, a delicada textura do miolo. Entre no espaço destes detalhes e sinta a vastidão interna e externa de cada um. Conecte-se com a parte interna e externa da flor.

Agora, conecte-se com o espaço circundante. Deite-se no chão ou na cama e dobre-se na clássica posição fetal. Puxe os joelhos até o peito, enlace-os com os braços e encoste a cabeça neles. Fique de olhos fechados e apertados, e absorva o negror que o envolve. Retese todos os músculos do corpo, a começar pelos pés, passando pelas pernas e costas, até a cabeça. Fique retesado por alguns instantes. Continue de olhos fechados e lentamente relaxe os músculos dos pés à cabeça. Confie na qualidade do mundo. Continue de olhos fechados e lentamente desdobre-se e sente-se no chão.

Abra os olhos. Expire. Sinta o ar na pele e no espaço ao redor. Observe cada um dos objetos à sua volta. Observe-os atentamente e também o espaço e a luz que os envolvem. Fique um tempo com cada objeto, absorvendo a bondade do que está observando.

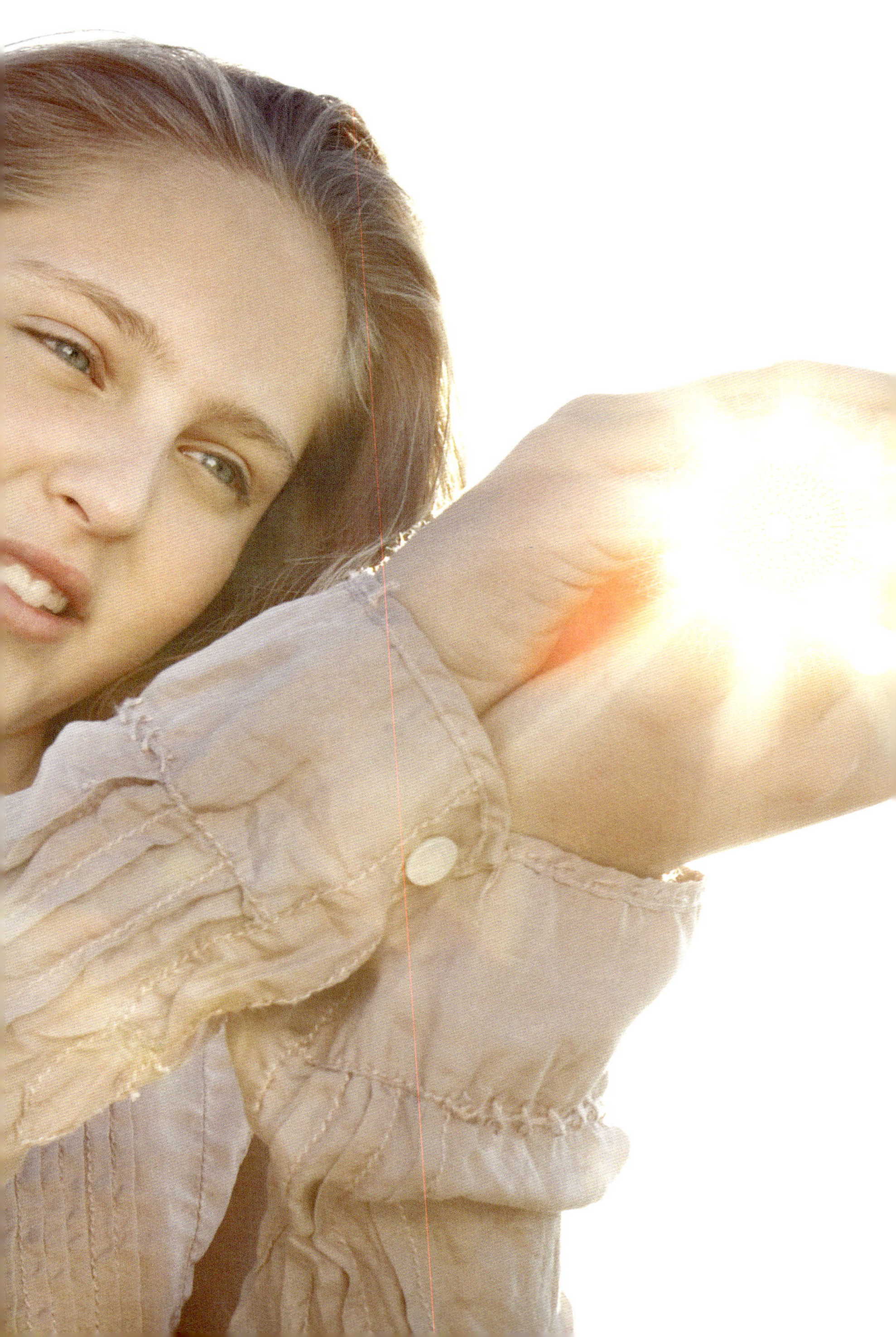

8. Criando o poder autêntico

Seja amável porque as outras pessoas também travam uma grande batalha.
—FILO DE ALEXANDRIA

Segundo uma história contada pelo mestre de meditação plena Thich Nhat Hanh, o Buda, na noite que antecedeu seu despertar, se viu atacado por milhares de flechas de um exército. Mas as flechas disparadas transformavam-se em flores e caíam aos seus pés, sem feri-lo. A compreensão e a compaixão transmutam as emoções negativas em inofensivas, em atenção. Esse é o poder autêntico.

Encontre um lugar dentro de si onde nada seja impossível.
—DEEPAK CHOPRA, *O TERCEIRO JESUS*

Imagine que seu coração e sua alma são a nave-mãe de uma grande frota. Sua personalidade é um dos muitos navios que a acompanham, mas basicamente apenas um navio. A nave-mãe sabe para onde a frota se dirige e pode manter o curso. Ao seguir seu coração, você se alinha com sua alma e exercita o poder autêntico. Além de colocar-se em curso, sente-se feliz porque assume um sentido e um propósito consciente de sua energia, de seus pensamentos e de sua orientação interior. Sempre que estamos fora do curso, nos sentimos infelizes.

GARY ZUKAV

Sua dor é proporcional à distância entre a percepção que você tem de si mesmo e a realidade que constrói para si como um espírito poderoso, compassivo, criativo e amoroso. Aproximar essa distância de zero é o caminho espiritual. É a exigência evolucional para que cada um de nós possa criar o poder autêntico.

> *Onde o amor rege, não há vontade de poder; e onde o poder predomina, há falta de amor. Um é sombra do outro.*
> —CARL JUNG

Eis as quatro propriedades fundamentais do que chamamos poder autêntico:

- *Amor:* um tipo de amor que abrange compaixão e preocupação com os outros. Um tipo de amor que nos faz ver cada mãe e cada criança famintas como nossa própria mãe e nosso próprio filho.
- *Humildade:* um tipo de humildade que reconhece que a vida alheia pode ser tão difícil quanto a nossa, e que todos vivemos com uma parcela de dor, perda e dificuldade. A humildade nos

faz perceber que todo mundo é uma alma bonita e que todos estão se esforçando.
- *Perdão:* quando perdoamos uma pessoa que nos prejudicou ou nos ofendeu, acabamos nos livrando de um fardo pesado. E mesmo que o perdoado não fique sabendo disso, o fato é que antes de tudo perdoamos para nós mesmo. Quem não perdoa observa o mundo com óculos escuros, que tornam tudo triste e adverso. Perdoar é como tirar os óculos escuros e observar o mundo pleno de amor e luz.
- *Clareza:* o dom de ver a vida como parte de um grande todo. Isso nos faz perceber que não somos vítimas e que neste planeta aprendemos com todas as experiências, tanto positivas como negativas. E também nos faz perceber que somos almas imortais e, como tal, infinitamente superiores ao corpo e à personalidade que assumimos.

Geralmente a vida cotidiana desdobra-se como uma competição entre personalidades – amantes, cônjuges, pais, irmãos, empresas, classes sociais e nações. Dessa maneira, todos tentam exercer controle sobre os outros. Tal controle, chamado de poder externo, baseia-se nos cinco sentidos – naquilo que é visto, ouvido, cheirado, provado ou tocado no mundo externo. Ao contrário do poder autêntico, o poder externo é competitivo e busca o controle.

> *Poder exercido sobre os outros é fraqueza disfarçada de força.*
> —ECKHART TOLLE, *O PODER DO AGORA*

GARY ZUKAV

Tornou-se obsoleto compreender o poder como poder externo. Claro, isso nos permitiu sobreviver. Claro, isso nos permitiu evoluir desde a origem como espécie. Mas não funciona mais.

Tornou-se contraproducente para a evolução humana. Ele é tóxico e está sendo substituído, ou melhor, foi substituído por outra forma de compreender o poder.

Tudo que é obtido à custa de outra pessoa explicita o princípio do poder externo, segundo o qual "a vida de um homem implica a morte de outro homem". As coisas que temermos perder – casa, carro, aparência, mente afiada... – são exemplos do poder externo. Quando nos baseamos em coisas efêmeras, nos tornamos vulneráveis.

LINDA FRANCIS

O poder externo vem e vai. Você pode ganhá-lo e depois perdê-lo. Você pode herdá-lo e depois alguém roubá-lo.

Para passar do poder externo para o poder autêntico, ouça a voz do coração, o centro da alma. Alinhe sua personalidade com suas qualidades amorosas essenciais.

GARY ZUKAV

O poder autêntico é uma experiência de alegria, de sentido, de propósito, de realização, de estar no lugar certo e na hora certa. De saber que a vida tem um propósito e que podemos contribuir para isso. O poder autêntico equilibra caráter e alma de maneira harmoniosa e cooperativa, fazendo-nos compartilhar e reverenciar a vida.

O poder autêntico incute significado e propósito nas menores coisas da vida.

Linda Francis *(ao lado)*

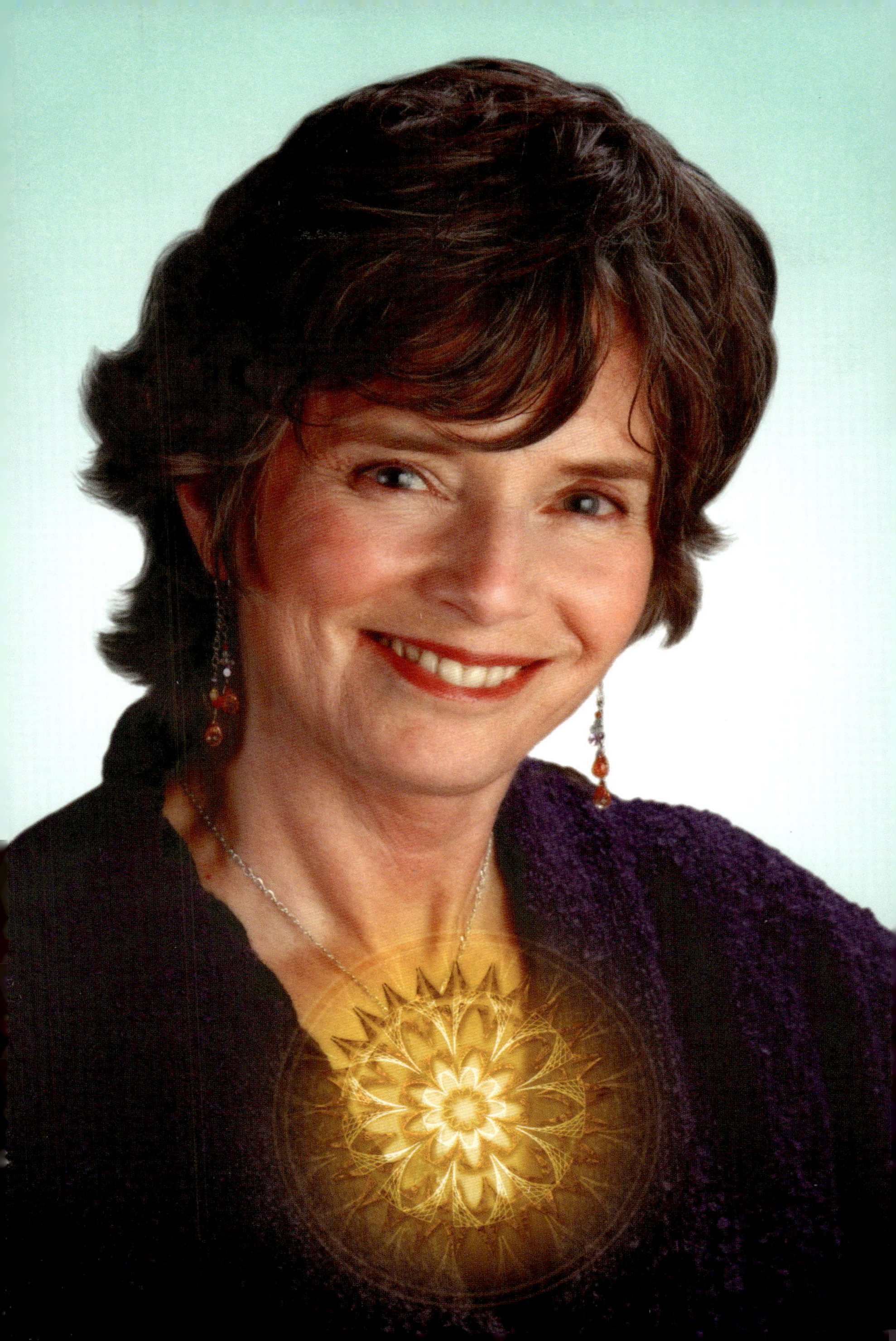

ECKHART TOLLE

O poder autêntico não é um poder pessoal. É um poder que transcende tudo o que você pensa de si mesmo. É um poder que não está apenas no coração humano, mas também no coração do universo. Sendo assim, ao se conectar com essa dimensão dentro de si mesmo, você se conecta com sua própria essência e também com a essência do universo. E como diz um antigo ditado: "O que está em cima é igual ao que está embaixo."

Para desenvolver o poder autêntico, tome consciência das emoções que o levam a investir no poder externo. Levando em conta que os sentimentos e as emoções são o campo de força no qual a alma atua, a tomada de consciência das próprias emoções concilia caráter e alma.

GARY ZUKAV

Em vez de olhar para fora, a fim de desenvolver o poder externo e manipular ou controlar as outras pessoas, procure olhar para dentro de si, para as origens internas de suas próprias experiências.

Para fazer isso, concentre-se nos efeitos das emoções negativas no seu próprio corpo. Esta técnica, chamada de consciência emocional, além de nos fazer perceber as sensações e seus efeitos no corpo, ajuda-nos a vivenciá-las.

LINDA FRANCIS

Eis uma grande notícia. Cada emoção que você tem, por mais simples que seja, traz uma mensagem de sua alma.

Isso é emocionante. Isso o deixa poderoso porque a tomada de consciência o faz prestar mais atenção. Claro que você gostaria de prestar mais atenção nas mensagens de sua alma.

As emoções são mensagens de texto espontâneas de sua fonte interior. Em vez de excluir esses textos emitidos pela alma, é melhor percebê-los, registrá-los e absorvê-los. Seu coração é um telefone celular que recebe mensagens de texto de sua alma. Com o coração aberto, você enfrenta os medos e nutre as emoções amorosas.

DEAN SHROCK

As emoções realmente funcionam como um sistema de orientação que nos avisa quando estamos em ressonância com a fonte de amor que guardamos dentro de nós. Então, para ser honesto, se você simplesmente prestar atenção em como se sente, acabará por saber se está ou não fazendo o que é certo, o que realmente funciona para você.

Suas emoções o farão saber se você está no caminho certo para alinhar sua personalidade com sua vida e sua alma.

ISABEL ALLENDE

Como faço para saber se algo é bom para mim ou bom para o mundo? É meu corpo que me diz o que sinto, e acho que o coração é o centro disso.

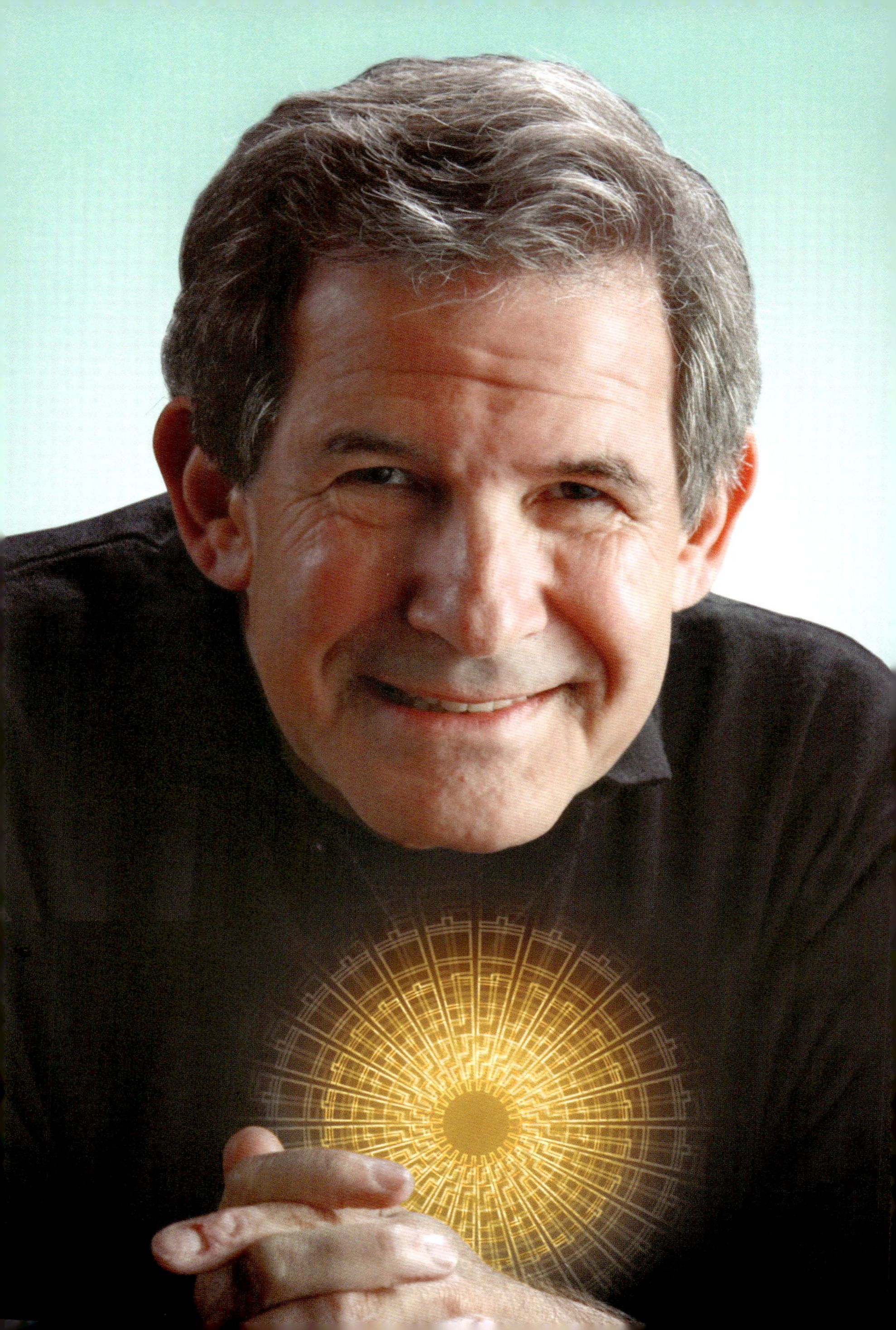

LINDA FRANCIS

A consciência emocional é uma ferramenta que utilizo para desenvolver o poder autêntico e crescer espiritualmente. É também uma ferramenta que me capacita a detectar os centros de energia no meu corpo. Faço uma varredura constante dentro de mim mesma. Certifico-me do que está acontecendo fisicamente comigo, as sensações que ocorrem ao redor da garganta, do coração, do plexo solar e de outros centros de energia. Só depois sou capaz de saber se estou sob o domínio do medo ou do amor.

Seu corpo sempre reflete seu estado emocional. Observe as formas pelas quais suas emoções se revelam fisicamente. Habitue-se a se perguntar por que está sentindo alguma coisa no corpo em determinados estados de espírito. Considere se isso é bom ou não para você. Existe uma razão para que o estresse o faça se sentir desconfortável e para que as emoções positivas o façam se sentir feliz.

GARY ZUKAV

Consciência emocional não significa apenas dizer para si mesmo: "Estou com raiva ou estou triste ou estou feliz." É algo bem mais preciso e fundamentado do que se pensa. Com a consciência emocional, você observa as diversas áreas específicas do seu corpo — como, por exemplo, garganta, peito, plexo solar — para detectar as sensações físicas que nelas ocorrem.

Quando surgem sensações desconfortáveis ou dolorosas, isso quer dizer que você está ativamente amedrontado. E tam-

Gary Zukav *(ao lado)*

bém quer dizer que uma parte sua oriunda do medo e das condutas que daí advêm poderá gerar raiva, inveja, ressentimento, sentimento de superioridade ou de inferioridade e necessidade de agradar.

Ao tomar consciência disso, você saberá que, se agir com amor, acabará gerando sensações confortáveis e experiências construtivas e benéficas para si. E que se agir com medo, acabará gerando experiências dolorosas e destrutivas para si. É então uma questão de escolha.

Com amor, clareza e sabedoria, desenvolvemos o poder autêntico. E com o poder autêntico, captamos a emoção e a alma das outras pessoas. Isso sem julgar e sem condenar. Assim nos alinhamos com nossa própria alma e utilizamos o poder do nosso coração.

LINDA FRANCIS

Se você quiser desenvolver o poder autêntico, cultive os aspectos amorosos de sua própria índole, os aspectos que valorizam a vida e que vivenciam a alegria e a compaixão.

GARY ZUKAV

O amor é o centro de tudo. Amar. Viver a vida com um coração forte e sem apego aos resultados. A intenção é uma qualidade da consciência que inspira as ações. Se a energia da intenção é de medo, isso gera necessidade de dominar, necessidade de controlar e necessidade de manipular. Ou seja, apego aos resultados. Mas se a energia da intenção é de amor, isso gera cuidado, paciência, bondade, consideração e gratidão.

Com o poder autêntico, você apreende os acontecimentos como dádivas da vida ou lições necessárias. E passa a entender que nem toda dádiva parece positiva quando você a recebe.

> *Seja grato por tudo porque cada coisa é enviada do mais além como um guia.*
> —RUMI

Inúmeras dificuldades ou desafios – inclusive doenças e tragédias – são desconfortáveis à primeira vista. Mas você pode agradecer pelo fato de estar vivo, mesmo em meio a uma terrível perda, e talvez até chegue a bom termo com isso. Apesar da perda, o que ainda lhe resta? Você é capaz de fazer o bem para os outros depois que atravessa uma crise?

ECKHART TOLLE

Por mais que você seja bem-sucedido no mundo exterior, se não estiver em conexão com o nível mais profundo de si mesmo, muito rapidamente sentirá frustração, decepção e alguma forma de infelicidade ou de sofrimento, apesar de todas as suas realizações.

Mesmo que você tenha uma *persona* bem-sucedida na vida cotidiana – tremenda carreira, produtos de luxo, posição de prestígio –, se não praticar o poder autêntico, o sucesso não lhe trará satisfação.

NEALE DONALD WALSCH

Quando ignoramos os assuntos do coração e não o consultamos durante as nossas experiências de vida, acabamos topando com uma sequência de acontecimentos que não levam a lugar algum. Mas quando ouvimos os conselhos do coração e o seguimos, acabamos topando com uma sequência de experiências que nos levam de volta para casa.

GARY ZUKAV

À medida que você desenvolve o poder autêntico, a vida se torna plena de sentido e propósito, e ainda de vitalidade e criatividade. Isso ocorre porque você se move na direção desejada por sua alma.

A cada nova experiência, você pode se alinhar com sua alma. A cada nova situação, você pode abordar a vida de coração aberto e levar amor para o mundo. Esse é o propósito de sua experiência humana enquanto ser espiritual. Essa é a razão de sua existência. Esse é o poder autêntico.

> *O que está atrás e à frente de nós são matérias minúsculas se comparadas ao que está dentro de nós.*
> —OLIVER WENDELL HOLMES

CONTEMPLAÇÃO
A calma do olhar profundo

O mestre zen Thich Nhat Hanh ensina que sempre que você estiver com uma emoção forte, perturbadora ou negativa, você deve acalmar-se, concentrando-se em respirar. Ao prestar atenção na respiração, inspirando e expirando, você se acalma. Concentre-se na respiração do abdome. Inspire, sentindo a barriga se elevar. Expire, sentindo a barriga baixar. Faça isso concentrado na respiração – está rápida e curta ou profunda e lenta? Inspire e expire de maneira consciente para acalmar a respiração.

Quando a respiração estiver profunda e lenta, inspire e sinta que a emoção perturbadora está cedendo. Expire e sinta que a raiva ou o medo está diminuindo. Inspire e sinta que a emoção já passou. Expire e sinta que a emoção já passou. Fique em paz por um longo momento. Agora, você pode enxergar mais além da emoção. Já está consciente de sua profunda ligação com a pessoa ou a situação que originou a emoção e pode agir com o poder autêntico, consciente de que está conectado com sua alma.

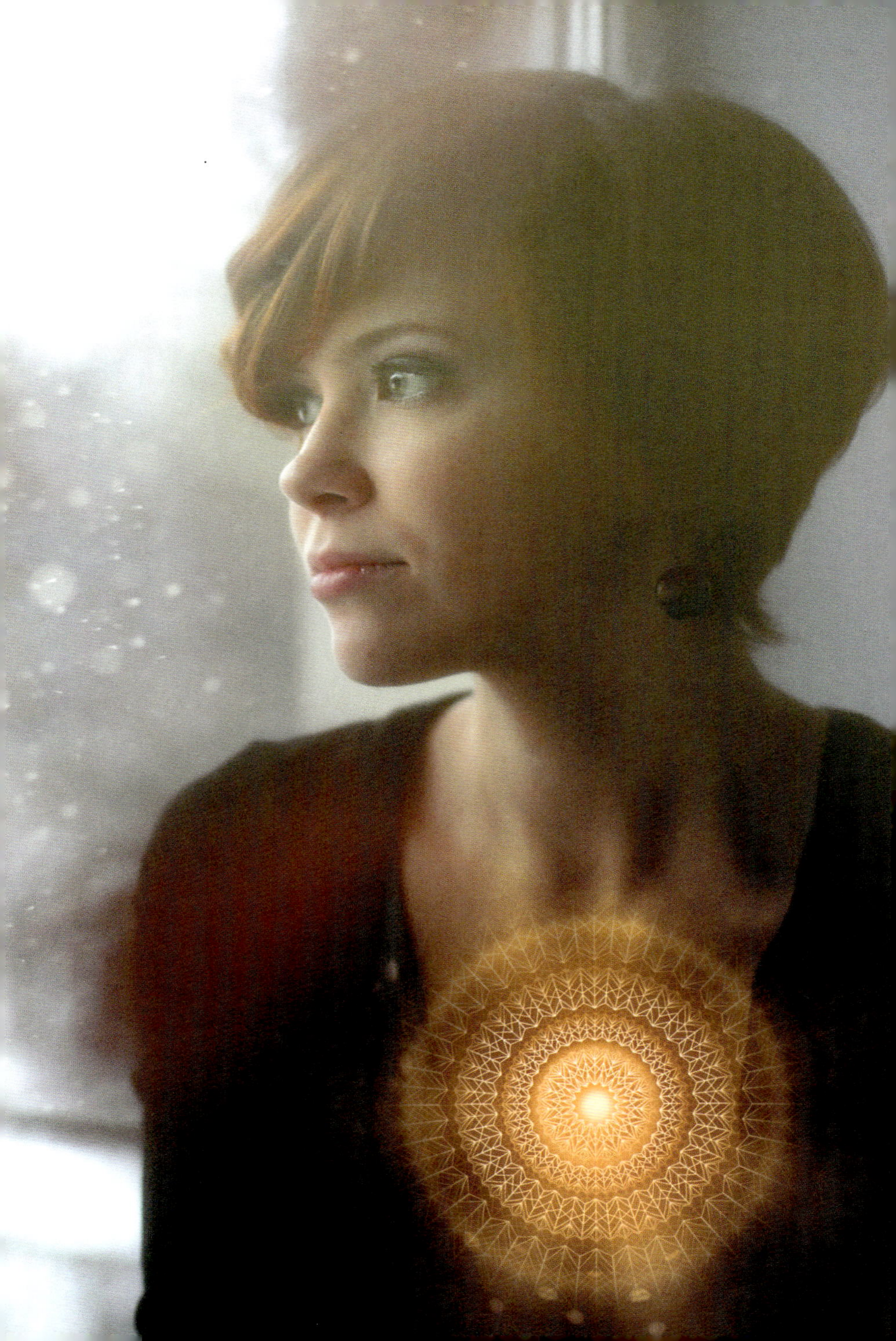

9. Os poderes da intenção e da intuição

É mais importante ter uma intenção pura que uma ação perfeita.

—ILYAS KASSAM

Tudo que fazemos e pensamos se inicia com uma determinada intenção. A intenção, além de governar nossas vidas, também determina o resultado de nossas ações.

ECKHART TOLLE

Qualquer que seja a situação em que você estiver, é muito importante se perguntar: "Qual é a minha intenção aqui?" Em outras palavras, o que realmente importa em determinados momentos, a despeito do que você estiver fazendo, é a consciência que você tem dos seus atos.

Lá no fundo do coração você sabe qual é a intenção que está alimentando suas ações e seus pensamentos. Só você sabe disso. E também sabe se o que está fazendo destina-se à harmonia e à cooperação ou apenas ao ganho pessoal.

MAYA ANGELOU

Você pode ter a intenção de ganhar um milhão de dólares, e isso poderá implicar roubar um banco ou assaltar alguém na rua. Assim como você pode ter a intenção de conquistar uma determinada mulher ou um determinado homem: "Eu quero essa mulher", "Eu quero esse homem para mim". No entanto, se realmente quiser algo, diga ao coração: "Eu quero isso." E talvez o coração responda: "Bem, vou ajudar você a obtê-lo. Vou lhe mostrar como obtê-lo. Você precisa estar disposto a trabalhar. Confie em mim e poderá obtê-lo, mas só se isso não prejudicar ninguém."

A intenção é a energia subjacente às suas ações e seus pensamentos. Seja qual for o dispêndio de sua energia, isso sempre retorna direta ou indiretamente para você. Então, procure agir com essa ideia em mente. Procure agir com consciência e amor, com coração e a intenção certa.

ISABEL ALLENDE

Meus atos partem de um lugar de boa intenção, de um lugar de amor e bondade. Um lugar de boa intenção que me permite caminhar neste mundo sem causar dano.

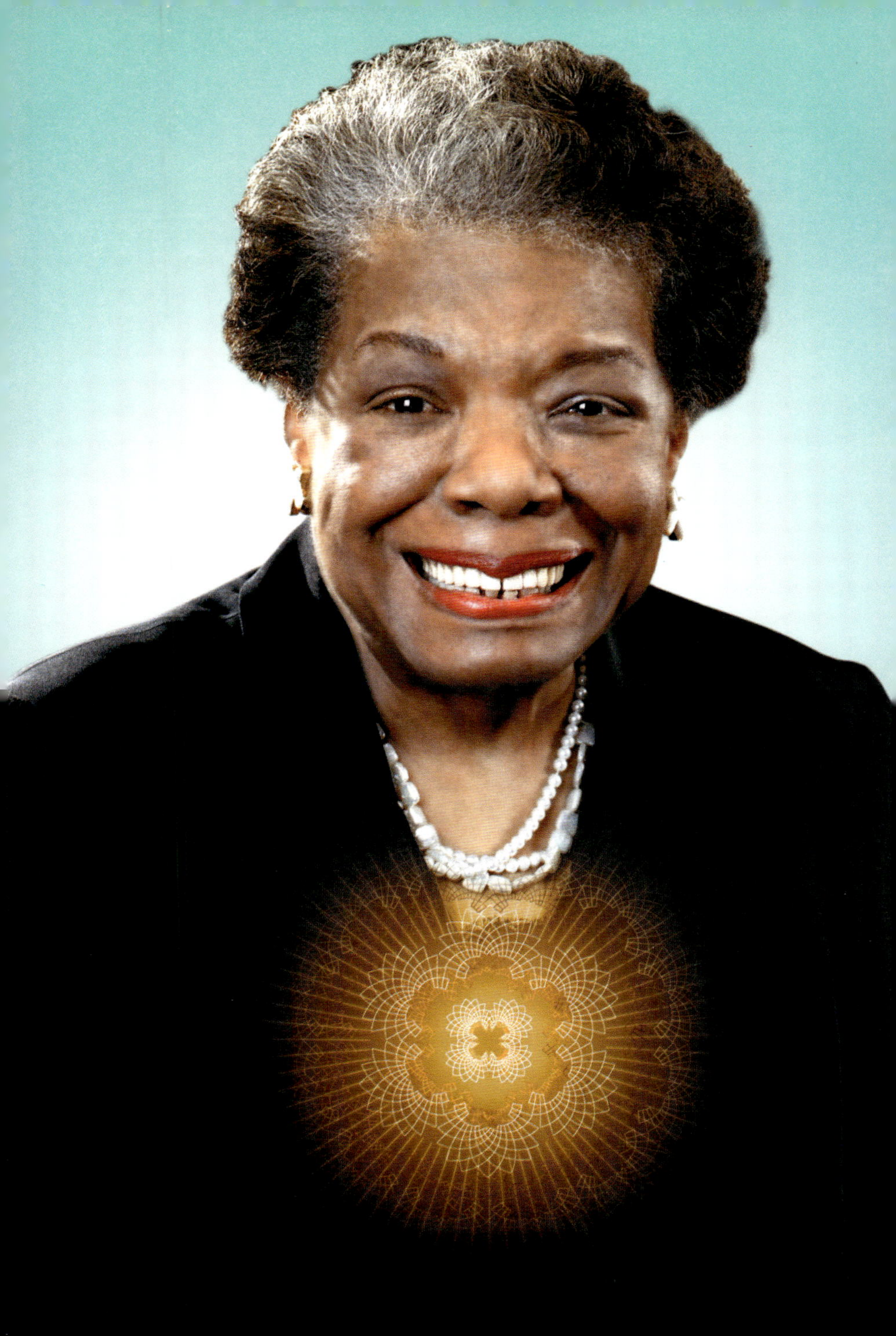

Se você irradia amor e compaixão genuínos, você recebe amor e compaixão. Se, por outro lado, você irradia medo e desconfiança, você topa com situações de medo e desconfiança. É simplista afirmar que se você está com raiva agora, acabará atraindo pessoas raivosas amanhã. Mas se você geralmente é complicado e desconfiado, mais cedo ou mais tarde atrairá pessoas com temperamentos e atitudes semelhantes. Da mesma forma que você é atraído por pessoas com uma energia igual a sua, você também atrai pessoas com uma vivência do mundo igual a sua. Elas o entendem, e você as entende. Pode-se então dizer que você recebe do mundo aquilo que dá para o mundo. Ou seja, sua intenção gera efeitos semelhantes.

ECKHART TOLLE

Que sua primeira intenção expresse seu estado de consciência neste momento. Que sua intenção expresse sua conexão com o coração neste momento.

Você é aquilo que recebe do mundo. Se você decide se conectar com seu coração, você vive uma realidade distinta e mais positiva. A intenção que se baseia no coração atrai uma energia de harmonia e amor. Sua intenção é a qualidade da consciência que inspira seus atos.

O que importa é a intenção na raiz dos seus atos. A energia de sua intenção influencia as consequências dos seus atos. Suas palavras e seus atos são infundidos por sua consciência. Se você pensa em doar, você atrai almas semelhantes com quem desenvolve uma realidade de generosidade, uma realidade que reflete a mesma intenção. Às vezes, essa grande verdade universal é chamada de karma.

> *Quando crio com o coração, quase tudo funciona; mas, quando crio com a cabeça, quase nada funciona.*
>
> —MARC CHAGALL

Claro que sempre haverá coisas desagradáveis e fora do controle que não serão influenciadas por você. Mas também há muitas coisas que saem do controle porque você não está totalmente consciente da intenção subjacente aos seus atos. Por isso, é importante que você esteja atento à energia que cria.

> *Cada sinal vital significativo – temperatura corporal, frequência cardíaca, consumo de oxigênio, nível hormonal, atividade cerebral e assim por diante – altera o momento no qual você decide fazer alguma coisa... Suas decisões sinalizam a direção do seu movimento tanto para seu corpo e sua mente como para o ambiente.*
>
> —DEEPAK CHOPRA, *O LIVRO DOS SEGREDOS*

Cada vez que você sentir que está perdendo o controle de sua vida ou que está sendo manipulado pelos outros ou que as coisas estão fora de rumo, opte por pensar e agir com intenção e atitude positivas. Olhe de um jeito melhor para a situação. É bem provável que encontre oportunidades que teria perdido de outra maneira.

> *Qualquer tempo é sempre certo para fazer o que é certo.*
>
> —MARTIN LUTHER KING JR.

Optar por uma intenção com consequências amorosas exige mais do que você apenas afirmar que optou por essa intenção. Você precisa sentir essa energia no seu coração. O universo traspassa as falsas intenções e vê o que está no seu coração. Ouça seu próprio coração e saberá o que realmente pretende alcançar com seus atos. Conecte-se com seu coração para criar a energia de uma intenção positiva e adequada.

GARY ZUKAV

Aprender a distinguir as intenções em si mesmo é o segredo para desenvolver o poder autêntico. As intenções oriundas do medo estão comprometidas com os resultados. São intenções que só se satisfazem com os resultados. Para isso, manipulam e controlam as circunstâncias e as outras pessoas. Os aspectos do seu caráter oriundos do amor se importam com as outras pessoas. Realmente se importam com os outros.

Amor sem ação não tem sentido, e ação sem amor é irrelevante.
—DEEPAK CHOPRA

Quando você faz alguma coisa com a intenção de um ganho pessoal, o que você expressa é seu próprio medo. Quando você age com a intenção de estabelecer harmonia e cooperação, o que você expressa é seu próprio coração. Seu coração e sua alma possuem propriedades amorosas. Somente as intenções oriundas do coração são capazes de dar um propósito verdadeiro e uma realização verdadeira para você.

MAYA ANGELOU

Se você conversar com o coração, você terá uma intenção amorosa e sábia.

O grande mestre zen Thich Nhat Hanh recomenda que você faça diversas perguntas a si mesmo para se certificar se suas intenções são adequadas ou boas. Você também pode escrever as perguntas num pedaço de papel e colocá-lo num lugar de fácil acesso no decorrer do seu dia. Antes das perguntas, faça três respirações lentas, inspirando e expirando, para colocar-se no momento presente.

Antes de agir, pergunte a si mesmo: "Tenho certeza disso?" Ou então: "O que estou fazendo?" Com isso, você se livrará das percepções erradas e saberá ao certo o que fazer e para onde ir antes de agir. Em seguida, pergunte-se: "Minha intenção é certa para este momento?" Depois, pergunte-se: "Estou agindo de forma automática ou inabitual?" Às vezes, a energia do hábito é inconsciente e não intencional, de modo que você precisa estar atento tanto para sua intenção como para sua ação. Por fim, pergunte-se: "Minha intenção se baseia na benevolência, na compaixão e no bem-estar para os outros?"

Com essas perguntas, você se conscientizará de suas intenções e de suas ações.

A linguagem da intuição

A intuição é realmente uma súbita imersão da alma na corrente universal da vida.
—PAULO COELHO, *O ALQUIMISTA*

Não há como negar a intuição. Até mesmo as pessoas extremamente racionais, e arraigadas ao senso comum, lembram-se dos momentos em que receberam ajuda da intuição. O antigo filósofo grego Aristóteles definiu a sabedoria como "razão intuitiva combinada com conhecimento científico".

Com os cinco sentidos, percebemos uma parte da realidade física – nós vemos, ouvimos, degustamos, cheiramos e tocamos o mundo circundante. Mas inevitavelmente ultrapassamos os limites dos cinco sentidos e do pensamento racional. Isso acontece quando nos conectamos com o poder intuitivo do coração para saber o que fazer.

Não se pode ouvir a voz do coração nem com a audição nem com qualquer outro dos sentidos. Isso requer intuição, um modo de percepção que transcende a percepção sensorial.

LINDA FRANCIS

A percepção sensorial dos cinco sentidos é tudo que você pode experimentar com estes sentidos. É tudo que você pode ver, como, por exemplo, o oceano; tudo que você pode ouvir; tudo que você pode tocar; tudo que você pode cheirar, como, por exemplo, um bolo de chocolate assando no forno, e tudo que você pode provar, como, por exemplo, um morango ou uma manga. Mas podemos acessar para além dos cinco sentidos com outro sistema de percepção mais amplo, cujas informações são geralmente inalcançáveis para a visão, a audição, o olfato, o paladar e o tato.

Com o coração, acessamos a percepção multissensorial – a intuição – e nos conectamos com o universo em um nível mais amplo de consciência. A intuição é intangível e muito pessoal. Da mesma forma que duas pessoas não possuem as mesmas impressões digitais, também não possuem o mesmo tipo de intuição: a intuição não funciona da mesma maneira para diferentes pessoas. Cada ser humano exerce sua própria intuição, que por sua vez é alimentada pelas emoções.

A intuição é a linguagem do coração. Se quiser descobrir como sua intuição funciona, simplesmente olhe para dentro de si, porque assim você se conecta com seu coração.

GARY ZUKAV

Imagine que você passou o dia caminhando na montanha. E agora se dá conta de que não sabe onde está. Começa a escurecer e esfriar, e você já está tremendo. De repente, escurece ainda mais, e você já não consegue enxergar. Mas ouve alguns sons estranhos: "Oh, isso é uma coruja?" Você avista um vulto escuro: "Oh, isso é um animal? Será um urso?" Mas algo dentro de você diz: "Está tudo bem, você está seguro. Este é um bom lugar para uma parada." Acontece que você está faminto e com o estômago roncando. Você precisa voltar para casa. E algo dentro de você repete: "Está tudo bem, você está seguro." Mas outras pessoas já devem estar preocupadas e você precisa chegar ao seu carro imediatamente. E mais uma vez algo dentro de você diz: "Está tudo bem, você está bem, você está bem." Você então se deita e dorme. Enfim, o sol nasce, e você se vê no topo de um penhasco íngreme. Se tivesse caminhado alguns metros mais, teria despencado dali. Só ao amanhecer é que você percebe que poderia ter perdido a vida. Foi aquela voz de dentro que dizia "está tudo bem, este é um bom lugar para uma parada" que percebeu tudo. Foi aquela voz que percebeu o precipício. A voz interior sabe exatamente para onde você deve ir e por quê. Isso é a percepção multissensorial.

Ao abrir o coração, você liga a intuição e entrevê uma realidade invisível que não perceberia com os cinco sentidos. Se os cinco sentidos podem se enganar, a intuição nunca deixa ninguém em maus lençóis.

LINDA FRANCIS

É a voz da alma que sussurra para você muito mais coisas do que apenas como se manter vivo. Sussurra onde os amigos e os companheiros estão esperando. Sussurra os caminhos a evitar e os caminhos a explorar. Ela sempre o orienta e o guia para um sentido. A percepção multissensorial é uma experiência e um conhecimento que ultrapassam os cinco sentidos.

PAULO COELHO

É muito importante ouvir o próprio coração não porque lá estão todas as respostas – lá podemos mesmo obter todas as respostas –, mas porque de alguma forma o coração aciona algo que perdemos, ou seja, a intuição. E com base na intuição podemos seguir em frente.

Sua intuição ou percepção multissensorial possui uma voz ou um sentimento singular.

LINDA FRANCIS

Há inúmeras maneiras de reconhecer a percepção multissensorial. Quando você pensa que tudo está perfeito, é isso. Quando sente por um momento que a coincidência é mais que uma coincidência ou que existe algo poderoso e significativo por trás disso, é isso.

GARY ZUKAV

De repente, você começa a perceber alguma coisa ou a sentir que percebe alguma coisa sobre outra pessoa. Por exemplo, você vê uma pessoa no supermercado e pressente que ela acaba de se divorciar e que está sofrendo muito. É isso. Ou que alguém que parece rude e intimidador no fundo tem um coração bondoso. É isso.

A intuição propiciada pelo coração também nos permite entrever o que há por baixo do comportamento das outras pessoas, fazendo-nos exercitar a compaixão. Se, por exemplo, alguém parece aborrecido com você, a intuição o faz perceber que esse alguém está estressado e por isso projeta toda a frustração em você.

LINDA FRANCIS

Há uma grande maneira, quando você começa a sentir que é mais do que sempre pensou que era, e que é mais do que apenas mente e corpo. É isso. É quando você começa a ver mais. É quando você começa a ver tudo que já viu antes, tudo que os cinco sentidos podiam mostrar, e ao mesmo tempo percebe que existe uma inteligência, um propósito e um poder por trás de tudo. Isso é a percepção multissensorial.

Essa força criativa da imaginação é um aspecto da constância generativa do coração que sempre propicia novas oportunidades. E o coração propicia as oportunidades por intermédio da intuição. Isso nos faz abordar a vida de um jeito diferente e mais completo.

ISABEL ALLENDE

Meu corpo só percebe algumas coisas, mas há muito mais que essa realidade. Quando escrevo, quando estou muito tempo sozinha e silenciosa, consigo ver, consigo perceber conexões entre coisas do passado e do futuro. Consigo relacionar acontecimentos, causas e efeitos, de um modo que não faço quando estou ocupada, e quando estou em meio a ruídos, e quando estou com outras pessoas.

As pessoas dizem que meu estilo de escrever é o realismo mágico, ou algo assim, como se fosse um tipo de artifício literário, um estilo. É dessa maneira que conduzo minha vida. O mundo é um lugar muito misterioso e sabemos muito pouco. Há dimensões de realidade, e talvez tudo aconteça simultaneamente, e passado e futuro estejam acontecendo ao mesmo tempo neste momento e neste lugar.

Assim, a arte de escrever tem sido o meu caminho espiritual para descobrir onde está a alma. E consigo perceber coisas que para as outras pessoas são uma espécie de loucura. Por exemplo, sonho muito e sempre os anoto porque os sonhos são a minha alma me dizendo alguma coisa na qual preciso prestar atenção.

A intuição sempre tem os melhores interesses no coração e beneficia as intenções e os impulsos amorosos. Sempre que estiver em dúvida, aja com o coração.

A mente intuitiva é uma dádiva sagrada, e a mente racional é um servo fiel.

—ALBERT EINSTEIN

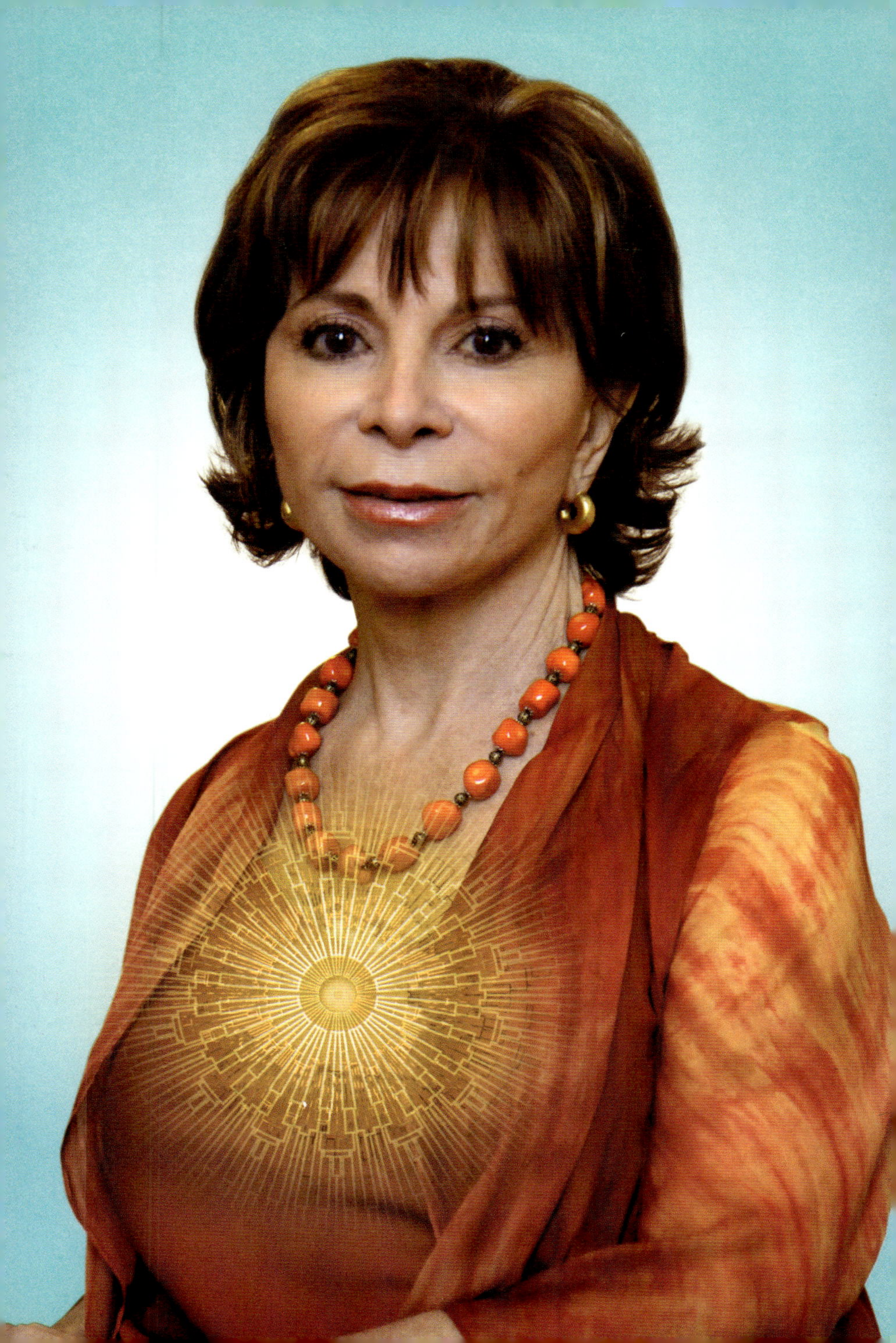

GARY ZUKAV

A compreensão intelectual não desaparece quando a percepção multissensorial aparece. É apenas rebaixada e deixa de presidir o conselho. Torna-se uma funcionária a serviço do coração.

JOE DISPENZA

Quando começamos a abrir o coração, na verdade agimos em um nível diferente de consciência. O lugar onde colocamos nossa atenção é o lugar onde colocamos nossa energia. O coração começa a pegar informações intuitivas. E o coração recebe informações intuitivas antes do cérebro.

Tudo na vida está conectado. Com a intuição percebemos as conexões circundantes e agimos em conjunto com isso.

Nós sempre sabemos qual é o melhor caminho a seguir, mas geralmente apenas seguimos o caminho que nos habituamos a seguir. No entanto, quando nos conectamos com o coração, agimos com a intuição – a forma mais elevada de inteligência – sem necessidade de questioná-la ou de saber por quê.

O poder da compreensão intuitiva o protegerá de danos até o fim dos seus dias.

—LAO TSÉ

CONTEMPLAÇÃO
Seguindo sua intuição

Sua intuição se dirige a você à maneira dela. Às vezes, o faz se sentir desconfortável ou irritado para chamar sua atenção. Outras vezes, o deixa ansioso ou desligado, como se de repente você tivesse se distanciado dos próprios sentimentos e precisasse de uma nova conexão. Ela pode se comunicar com você através de um sonho ou de uma canção que não consegue tirar da cabeça – há uma mensagem nesse sonho ou na letra dessa canção? Talvez você realmente esteja ouvindo as palavras de uma voz interior. Ou talvez esteja com uma sensação no corpo, uma sensação de saber – um buraco no estômago ou uma leveza na cabeça.

Se você de repente pensa em alguém, mande-lhe um e-mail ou lhe telefone. Preste atenção nas primeiras impressões que tem em determinadas situações ou nas primeiras respostas para as perguntas que passam pela sua mente. Faça um diário de suas intuições e de tudo que acontece quando você age inspirado por elas.

Toda vez que sua intuição se comunicar com você, confie nela. Preste atenção. Sente-se e relaxe com ela. Fique aberto para o que lhe diz. Não discuta com sua intuição, ainda que precise ouvir o que você não quer ouvir. Faça de tudo para seguir sua orientação. Talvez a mensagem não seja lógica ou talvez não mostre a imagem do que vai acontecer de uma só vez. Siga a intuição e deixe que os acontecimentos se desdobrem para só então perceber como ela estava certa.

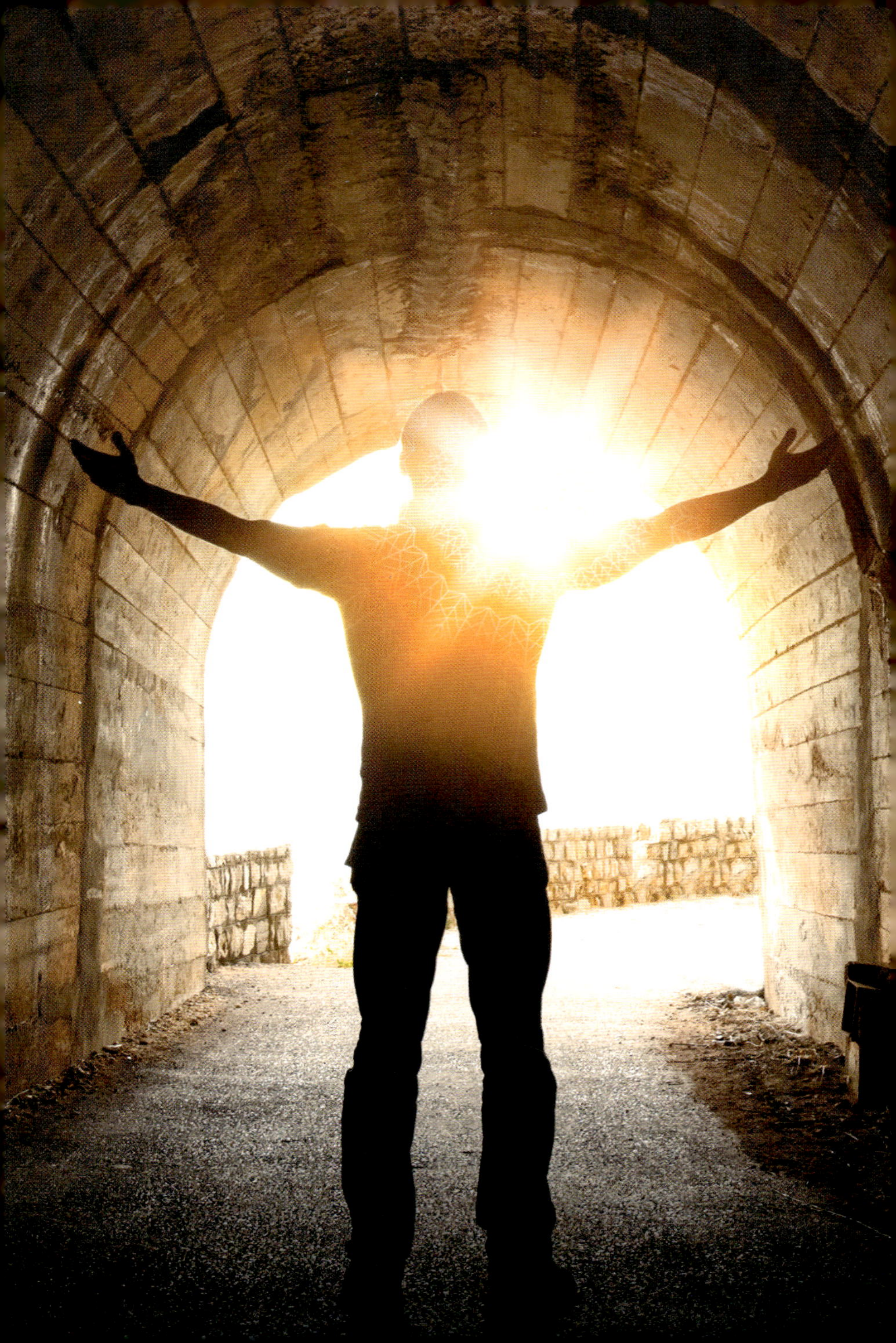

10. Sincronicidade: a ordem oculta por trás de tudo

Não há erros, não há coincidências. Todos os acontecimentos são bênçãos que recebemos para aprender.

—ELISABETH KÜBLER-ROSS

Alguns meses depois do início do filme, *O poder do coração*, comecei a ter sérias dúvidas a respeito do que estava fazendo. Sentia-me inseguro em levar adiante um projeto tão ambicioso. Cheguei a pensar em voltar a trabalhar como advogado – afinal, eu tinha me formado para isso.

Sem mais aguentar tamanha dúvida, um dia disse para mim mesmo: *se realmente nasci para fazer isso, se é isso que a vida quer de mim, então preciso de um sinal de confirmação – e preciso disso hoje mesmo*. Foi quando gritei para o universo: "Se tenho que fazer isso, envie-me um sinal!"

Alguns momentos mais tarde, a campainha tocou. Era o carteiro com uma pilha de revistas. No topo da pilha, uma revista estampava em letras garrafais: *Siga seu coração* (*Volg je Hart*, em holandês).

Na mesma hora, percebi que era o sinal de que precisava. Fui tomado pelo sentimento de gratidão – e de repente já não me restavam mais dúvidas.

Há um poder maior por trás de absolutamente tudo que você faz. Há uma razão para que as coisas aconteçam e, quando parece que o mundo trabalha a seu favor, e não contra, isso é sincronicidade. Você já teve a sensação de que algo não era "apenas" uma coincidência? Talvez você já tenha ouvido uma canção no rádio cuja letra ressoou em sua cabeça pelo resto do dia. Ou lembrou-se de um amigo que você não via fazia um bom tempo e no mesmo instante ele lhe telefona com uma grande notícia.

GARY ZUKAV

Sincronicidade é uma palavra interessante e engraçada de se ouvir que Carl Jung criou. Utilizou-a para significar aqueles momentos em que as coisas parecem ser coincidências, mas sabemos que é bem mais que isso. Há mais do que apenas coincidências aleatórias envolvidas. Há sentido, há propósito, há poder por trás disso.

As sincronicidades parecem pequenos milagres, presentes anônimos do universo. Irrompem como agradáveis surpresas, conexões maravilhosas que de um momento para outro transformam a vida, abrindo caminhos emocionantes e possibilidades de crescimento e de iluminação. São eventos altamente improváveis – e ainda assim acontecem. Você está ansioso pela ajuda de uma pessoa e com dificuldade de se comunicar com ela, e de repente ela lhe envia um e-mail ou aparece a sua porta. Você encontra o amor de sua vida em algum lugar aonde não tinha planejado ir. Quando a improbabilidade multiplica-se uma após outra, suspendendo as leis usuais de causa e efeito, isso é sincronicidade.

PAULO COELHO

Acredito no universo como um todo. Sendo assim, para mim, sincronicidade é uma conexão que chega a você e que o leva a conhecer pessoas, ou a ler o que precisa ler em dado momento, ou que o induz a fazer alguma coisa que já está esperando por você.

ECKHART TOLLE

Quando, por exemplo, você esbarra no momento certo com a pessoa certa de quem precisa de ajuda no que está fazendo, ou quando recebe um telefonema no momento mais necessário. Enfim, quando alguma coisa coincide com o que você está fazendo e torna-se muito útil. E você não tem como explicar de um modo causal como essa coisa aconteceu.

Lembre-se das coincidências que já aconteceram com você e pergunte-se como aconteceram. Comprometa-se em observar as sincronicidades que o cercam. Você já consegue perceber conexões que antes se recusava a ver ou lhe passavam despercebidas?

PAULO COELHO

Às vezes, as pessoas ficam um pouco assustadas. Ficam com medo de aceitar que alguma oportunidade espera por elas. E dizem: "Tudo bem, não, não, isso não faz sentido", ou então: "Isso é perigoso, porque essa oportunidade, essa sincronicidade que aconteceu agora pode mudar a minha vida para sempre." E você então não obedece ao seu coração, não obedece à sincronicidade, não aceita o que é colocado a sua frente com uma etiqueta: "Siga-me, ouça-me, estou aqui." Você não faz isso e acaba perdendo todas as possibilidades que a sincronicidade lhe oferece.

Toda vez que você tiver uma experiência improvável, considere-a com um significado mais profundo. Fique alerta e procure pistas que esclareçam tal significado. Toda vez que você perceber uma mensagem por trás de um acontecimento sincrônico, isso, além de indicar que sua alma está conectada com uma consciência mais elevada, também indica que você dificilmente se embaraça com o medo e a dúvida quando se alinha com sua alma.

MICHAEL BECKWITH

Quando começamos a observar a sincronicidade, quando começamos a perceber que há uma interligação da vida em toda parte, acontece alguma coisa. É como se um filtro se dissipasse. E notamos que a sincronicidade rodeia a tudo e a todos e que o universo não é acidental.

O interessante a respeito da sincronicidade é que, quanto mais nos concentramos nela, mais a atraímos e mais a sentimos presente. E, à medida que observamos seguidamente as conexões e os significados por trás de cada experiência, ampliamos nossas habilidades intuitivas.

As coincidências são trocadilhos espirituais.

—G. K. CHESTERTON

Mesmo que você não perceba o significado das conexões por trás de uma sincronicidade na hora em que ocorre, continue se perguntando sobre isso. Talvez obtenha a resposta mais tarde, no mesmo dia ou na mesma semana ou no mesmo mês. E talvez obtenha a resposta por meio de uma nova sincronicidade – uma percepção repentina, um encontro inesperado.

ISABEL ALLENDE

Creio que tudo está conectado, que há certa teia de aranha lá fora. E nessa teia de aranha todo o universo está conectado. O passado, o futuro, o universo, os planetas, toda forma de vida está conectada.

A mente lógica só apresenta as conexões causais, mas no nível mais profundo da alma ocorre o trabalho de uma grande teia de conexões. À medida que você aprende a ver com o coração, através da intuição e para além do ego, tais conexões se tornam visíveis.

GARY ZUKAV

À medida que você se torna multissensorial, esse tipo de experiência se torna mais comum. E à medida que você desenvolve o poder autêntico, acaba por perceber que esse tipo de experiência não é aleatório. Deixa de haver acidentes no seu mundo.

DEEPAK CHOPRA

Você capta e vivencia a ideia quando se percebe conectado a toda a cadeia da existência, a todo o ecossistema, e fazendo parte de um só espírito, uma só consciência.

Siga seu coração. Seu coração sabe que você faz parte de uma consciência infinitamente maior que lhe dá acesso a infinitas possibilidades. Se a mente filtra a realidade, o coração percebe uma ordem oculta e um cenário maior.

PAULO COELHO

A partir do momento em que você seguir seu coração, sua vida se tornará plena de maravilhas.

MARCI SHIMOFF

Sincronicidades acontecem. Milagres acontecem. Pessoas aparecem, e a pessoa com quem você precisa estar em dado momento também aparece, como se saída do nada, bem a sua frente. Ou então a pessoa que tem uma resposta para sua pergunta lhe telefona, como num passe de mágica. Quando você vive de coração aberto, os milagres acontecem sem que você tenha de fazer força para que aconteçam. Eles simplesmente acontecem sem esforço algum.

Na verdade, a sincronicidade expressa o deslocamento de uma identidade, o deslocamento da cabeça para o coração. Os milagres passam a ocorrer com mais frequência. Existencialmente, você se torna cada vez mais consciente do amor e da sabedoria de sua própria alma. Viver em sincronicidade significa viver a vida que você nasceu para viver.

PAULO COELHO

A sincronicidade é um milagre. A única coisa que você pode fazer é estar aberto para a sincronicidade e prestar atenção.

DEAN SHROCK

É uma lei natural do universo: você se alinha com o amor e o universo simplesmente começa a apresentar caminhos milagrosos para você.

Em seu livro *Synchrodestiny*, Deepak Chopra escreve que de acordo com a sabedoria antiga existem dois sinais que revelam as transformações internas pelas quais você passa e que o levam a se conectar com uma consciência mais elevada. "O primeiro sintoma é que você deixa de se preocupar. Já não se incomoda tanto com as coisas e se torna feliz e alegre. O segundo sintoma é que cada vez mais aparecem coincidências significativas, cada vez mais aparecem sincronicidades para você. E isso se acelera a tal ponto que o leva a vivenciar os milagres."

ECKHART TOLLE

A ocorrência de eventos sincrônicos é sempre um ótimo sinal, já que os fatores dos quais podemos tirar proveito geralmente indicam que independentemente do que fazemos ou da atividade em que estamos envolvidos, tudo se conecta com uma dimensão mais profunda.

Quando você se alinha com sua alma e percebe a ordem oculta por trás da vida cotidiana, acaba descobrindo padrões e oportunidades extraordinários. Quando você se conscientiza da teia todo-abrangente de conexões, até os eventos mais insignificantes tornam-se plenos de significado.

GARY ZUKAV

Todos nós vivemos num universo de compaixão e sabedoria que permeia tudo que fazemos. Isso está aí, estejamos conscientes ou não. Isso está aí.

Esbarrando na sincronicidade

> *Quando deixamos de nos opor à realidade, a ação torna-se simples, fluida, suave e destemida.*
> —BYRON KATIE

Coloque sua intenção em descobrir o que você está destinado a fazer em curto e em longo prazos. Ao questionar seu propósito, você ativa a intuição e se permite perceber aquilo que seu coração quer que perceba. Você esbarra na conexão universal que lhe propicia inúmeras coisas.

ECKHART TOLLE

Em qualquer empreendimento, é fundamental que se pergunte menos "o que quero da vida?" e que se pergunte mais "o que a vida quer de mim? O que a vida quer expressar através de mim?". Isso também pode ser chamado de totalidade: "O que a totalidade quer expressar através de mim?" Isso também pode ser chamado de dimensão divina: "O que o coração realmente quer aqui?" Quando nos alinhamos com isso, o resultado é um impulso muito forte que irrompe de dentro de nós – o que pode se manifestar como entusiasmo, que por sua vez se manifesta como trabalho prazeroso, e não estressante. Em outras palavras: desfrutamos plenamente o momento presente, gostamos do que fazemos. Isso significa que nos conectamos com um nível profundo de nós mesmos.

Os aspectos amedrontados de sua personalidade possuem um programa particular. Você pode achar, por exemplo, que precisa permanecer naquele emprego com renda garantida e outros benefícios, mesmo que não se sinta realizado com isso. Mas sua alma possui uma agenda diferente e encara o tal emprego não como um destino essencial, e sim como um degrau no seu caminho. Caso se sinta preso, não se desespere nem se resigne. Coloque sua intenção em descobrir seu verdadeiro caminho. Continue conectado com seu coração. Ouça a voz de sua intuição. Isso irá ajudá-lo no caminho de seu sonho e de seu verdadeiro destino.

ECKHART TOLLE

O alinhamento com o coração que subjaz a toda a criação é maravilhosamente libertador e poderoso. E com isso muitas vezes você depara com fatores que o beneficiam como se saídos do nada. Esses acontecimentos sincrônicos geralmente confirmam que você está conectado com um nível mais profundo.

Quanto mais você penetra na trilha de fazer o que nasceu para fazer, mais você vivencia a sincronicidade. As soluções apresentam-se da forma espontânea e quase sempre inesperada do coração – uma dimensão de amor, sentido e felicidade.

ISABEL ALLENDE

Acho que esbarramos na "teia de aranha" de conexões com riso e alegria. Por que tudo precisa ser tão sério? Por que a espiritualidade e o amor e tudo o mais precisam ter esse peso? Tudo tem a ver com alegria, tudo tem a ver com luz. Sempre me conecto muito mais com o mundo quando sorrio. Acho que esse é o ponto. Precisamos ser alegres.

PAULO COELHO

É muito importante se divertir. Mesmo em meio a atividades que exigem bastante disciplina, você precisa se divertir. Divertir-se para estar vivo. A vida é alegria. A vida é conexão com a energia do amor, e a energia do amor tem um componente muito importante: a diversão.

É preciso coragem para confiar na intuição e agir com o coração. Mesmo quando está claro que você precisa desistir de um emprego seguro para levar adiante o seu verdadeiro propósito, a princípio talvez a sorte não sorria para você. Embora isso possa ser irritante, lembre-se de que a ansiedade emerge do seu ego. Tenha fé no desejo do seu coração. Alinhe-se com sua intenção de agir com o coração.

MAYA ANGELOU

Acredito que só podemos confiar no coração.

MARIANNE WILLIAMSON

Às vezes, você não sabe como fazer a mudança. Mas o próprio fato de que está empenhado em fazê-la e de que a vê como claramente necessária abre novas possibilidades.

MICHAEL BECKWITH

Nosso crescimento, desenvolvimento e desdobramento espiritual como seres humanos estão subordinados a aprender a confiar no coração e na alma.

Confiar no coração implica perceber que ele acessa uma sabedoria muitas vezes maior que a do intelecto. Seu coração intui o que é bom para você. Se realmente confiar no seu coração, você não será incomodado pela voz que soa na sua cabeça, desencorajando-o, preocupando-o ou criticando-o. Elimine as questões que iniciam com a expressão "e se?" e abra-se para a energia boa e calorosa do coração.

ISABEL ALLENDE

Em que mais confiar, se você não confia no coração? Até porque isso é tudo que você tem. Quando tenho de tomar uma decisão, sei que o razoável é preparar uma lista dos prós e contras do que devo ou não fazer, de quais são as vantagens e as desvantagens. E para isso apenas fecho os olhos, inspiro, expiro e confio na minha intuição. A intuição é a voz do coração que me diz o que devo fazer.

Confie em cada decisão do seu coração, seja para mudanças de vida, seja para coisas insignificantes. Mas esteja preparado para renunciar aos resultados imediatos e tangíveis. Você pode obter uma resposta rápida à pergunta sobre o que fazer com sua vida, mas pode ter de perguntar diversas vezes em silêncio para ouvir e entender a resposta. Você receberá a resposta de que necessita, mas talvez não seja a resposta esperada. Às vezes, é preciso viver na incerteza por um tempo, até que a conexão com a alma se assente e amadureça. Mantenha a pergunta no seu coração, viva com essa pergunta. Vivencie essa pergunta.

> *Seja paciente com tudo que está por resolver no seu coração e tente amar as próprias perguntas... Não se precipite em buscar respostas que ainda não podem ser dadas porque você ainda não é capaz de vivê-las. E a questão é viver tudo. Viva as perguntas agora. Talvez então gradualmente e sem perceber um dia você acabe vivendo a resposta.*
> —RAINER MARIA RILKE

PAULO COELHO

Com o coração aberto, você aproveita as perguntas, mesmo que não tenha respostas para elas. E a partir do momento em que você aproveita as perguntas, você tem uma porta aberta para a vida.

Se você confiar que no fim acabará recebendo de sua alma algo que sua mente sequer imagina, com o tempo aprenderá a viver com essa incerteza e talvez até a se divertir com isso. Nesse meio-tempo, enquanto incrementa a confiança no seu coração, estabelece um contato mais frequente com sua alma.

Ficar à vontade com o fato de não saber é crucial para que as respostas cheguem até você.
—ECKHART TOLLE

LINDA FRANCIS

Você tem de experimentar. Tente por você mesmo. Isso será muito importante, se quiser mudar sua vida.

No início, não precisam ser grandes experiências. Comece experimentando decisões como, por exemplo, se deve ou não aceitar um convite ou fazer outro caminho para o trabalho ou para casa.

Confie naquilo que toca mais fundo em você.
—SAM KEEN

Seguir seu coração não significa necessariamente desistir de seu emprego ou queimar pontes. Se você reorganizar a vida em torno de seu coração e de sua alma, apreenderá um significado mais profundo em muitas situações cotidianas. Com isso, renovará o entusiasmo pela vida. Seu coração aproveitará todas as oportunidades de crescimento e, à medida que o poder de seu coração crescer, você achará mais fácil depositar sua confiança implícita no universo.

GARY ZUKAV

Dessa maneira, o universo sábio e compassivo se torna você, e você se torna uma expressão sábia e compassiva disso.

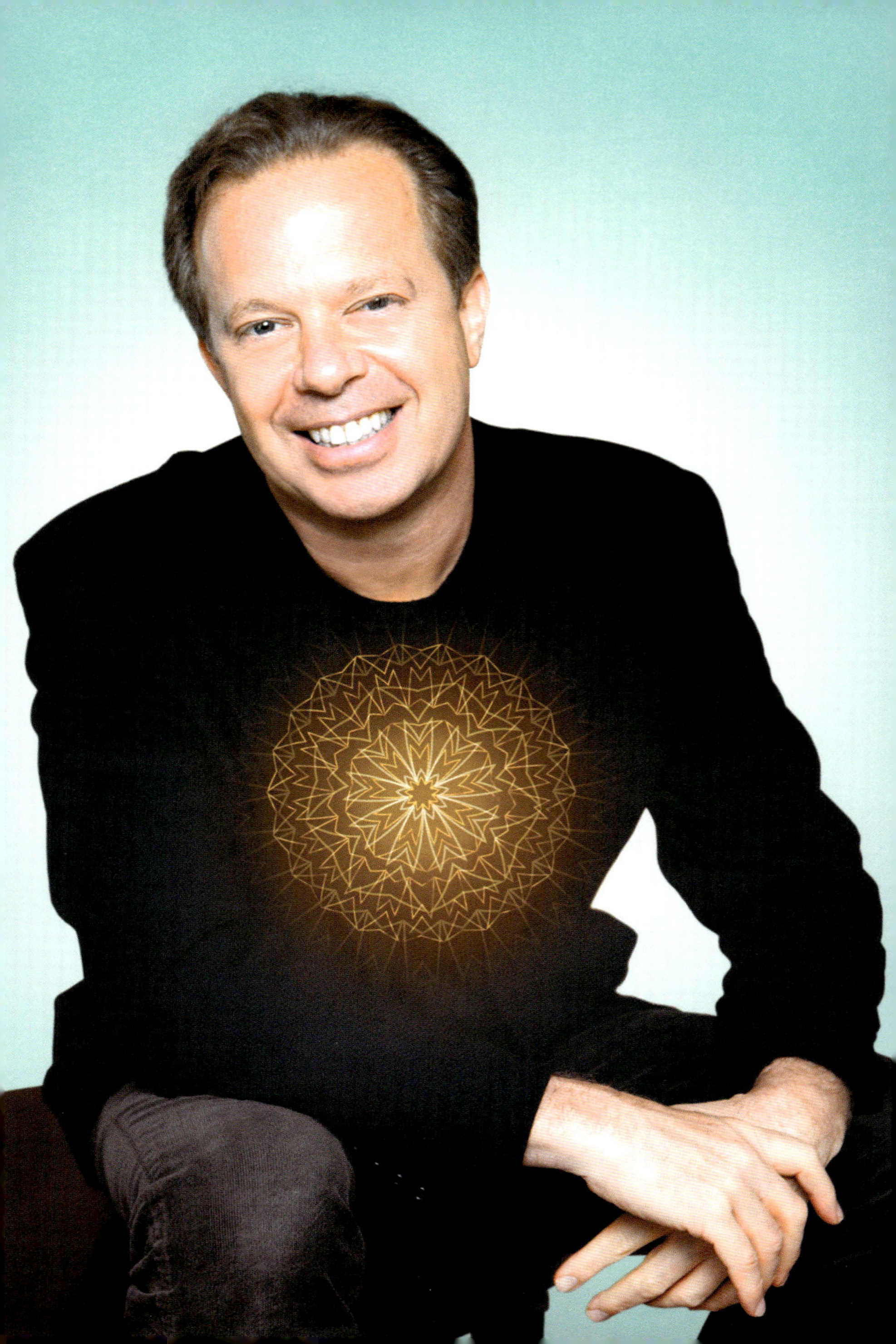

A confiança no coração o conduz a uma profunda paz de espírito. Você deixa de se preocupar porque sabe que tudo segue um curso predeterminado.

JOE DISPENZA

É um momento interessante porque ao mudar para esse lugar nos sentimos tão completos que deixamos de desejar, e fazemos desse novo lugar onde estamos um reino onde podemos ter qualquer coisa. E quando finalmente chegamos a esse lugar onde deixamos de desejar é que os milagres começam a acontecer a nossa volta. E a organização do universo começa a se mostrar de maneiras novas e incomuns.

Sem o medo, você passa para um estado de profunda conexão e harmonia com o universo. E passa a viver melhor a vida.

PAULO COELHO

A partir do momento que você se entusiasma por tudo, você sabe que está seguindo seu coração.

MICHAEL BECKWITH

A confiança na vida se ativa dentro de nós. Percebemos que estamos confiando no coração e que estamos confiando em nossa própria alma, e que isso nunca nos leva para o lugar errado. Nós sabemos disso. Nós sentimos isso. Isso está bem ali.

CONTEMPLAÇÃO
Tudo que acontece é uma lição

O livro *The Power of Flow*, de Charlene Belitz, fornece diversas maneiras de incrementar as experiências de sincronicidade. Pense em algum ponto de virada em sua vida ou em alguma experiência que aparentemente era uma grande ou pequena coincidência. E pergunte-se: "O que aprendi com o ocorrido? Que bem isso trouxe para mim?" Veja tudo que acontece como uma lição.

Pense em outras experiências e pontos de virada agradáveis e desagradáveis. O que aprendeu com cada uma? Alguma experiência levou a outra? Foi bom ou ruim? Era como se você estivesse sendo conduzido para esse caminho? Que padrões você vê nesses eventos? Que lições pode tirar? Consegue perceber conexões que não percebia antes? Você vê alguma forma de agir agora em função do que aprendeu?

Pergunte ao seu coração como se conectar com os outros. Isso produzirá sincronicidades tanto na sua vida como na dos outros. Ouça e aja em função das mensagens intuitivas que receber.

Se você está pronto para ouvir, coloque sua intenção em descobrir seu propósito. Pergunte-se: "O que a vida quer de mim? O que meu coração quer que eu faça?"

PARTE 3
Coração no mundo

Nossa grandeza como seres humanos não reside tanto em sermos capazes de refazer o mundo... e sim em sermos capazes de refazer a nós mesmos.
—GANDHI

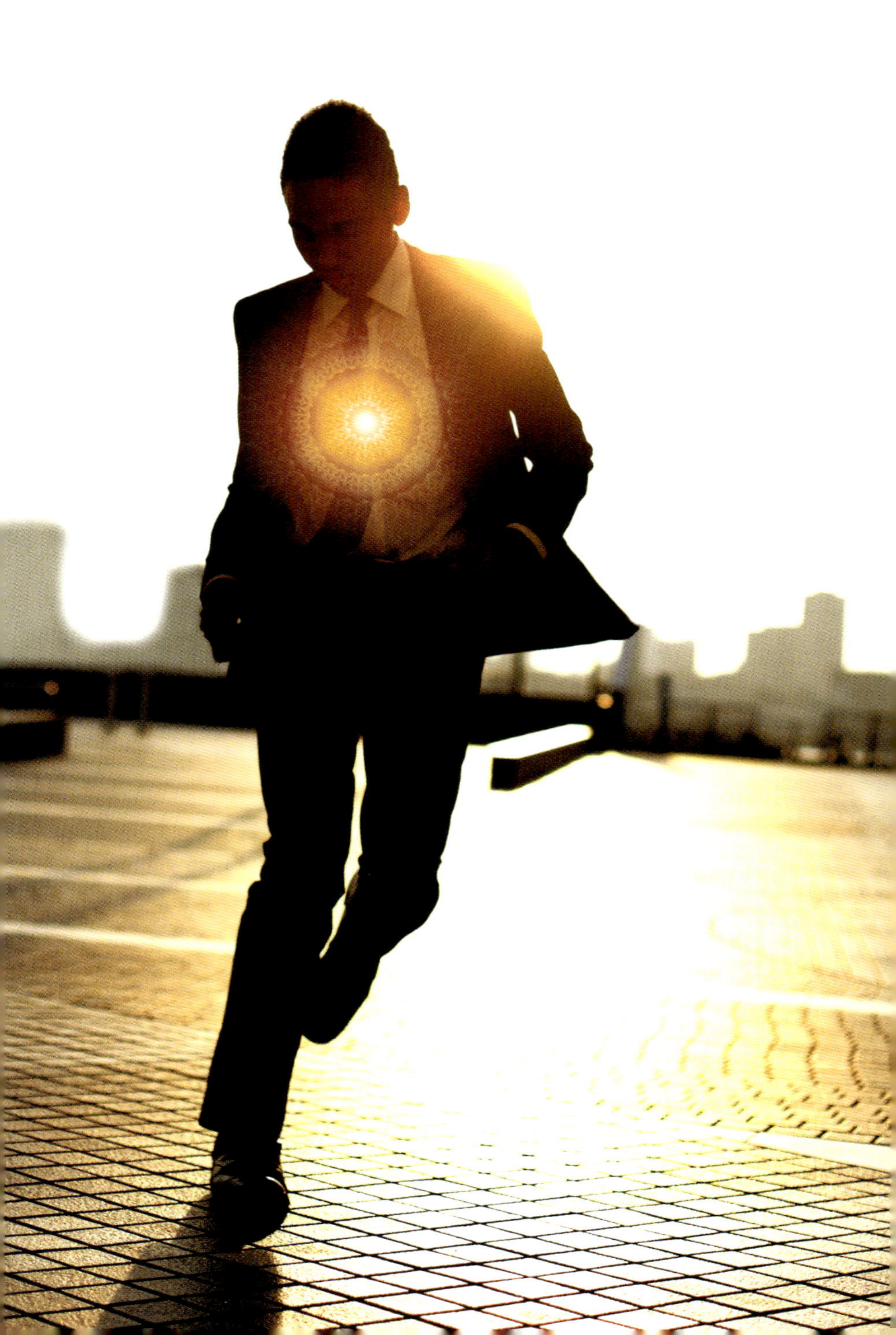

11. Dinheiro e carreira

> *Quando você se concentra no sucesso, você se estressa. Mas quando você busca a excelência, o sucesso é garantido.*
>
> —DEEPAK CHOPRA

O dinheiro é um valor de troca, uma ferramenta que facilita a transferência de bens e serviços, mas, para muita gente, o dinheiro define o sucesso. Inegavelmente importante para atender às necessidades básicas, como alimentação e abrigo, o dinheiro é um poder externo que em última análise não nos protege dos desafios da vida e não nos ajuda a encontrar um propósito de vida. O dinheiro tem apenas um efeito limitado sobre a felicidade. Segundo uma pesquisa científica, a influência do dinheiro na sensação de bem-estar é bastante limitada, e uma renda anual superior a 75 mil dólares não traz felicidade para ninguém.

DEEPAK CHOPRA

Temos uma crise econômica porque construímos uma economia baseada em premissa falsa. Antes de tudo, a crise econômica ocorreu porque gastávamos um dinheiro que não ganhávamos para comprar coisas que não precisávamos. Isso para impressionar pessoas de quem não gostávamos. E tudo girava ao redor do "eu" e do "meu". Todo o sistema econômico se baseava em uma mentalidade de cassino: entre os alardeados derivativos dos 2,9 trilhões de dólares que circulam nos mercados do planeta, menos de 2% foram realmente aplicados em benefício da sociedade. Menos de 2% dos 2,9 trilhões de dólares por dia.

Nosso verdadeiro eu nunca considera a acumulação de dinheiro como um fim em si mesmo, mas sim como um subproduto de algo maior, uma consequência de se seguir o próprio coração. Nosso coração está mais interessado em abundância na vida do que em dinheiro – abundância de satisfação, de amor e de alegria.

Eis o que Deepak Chopra escreve em seu livro *As sete leis espirituais do sucesso*: "Há muitos aspectos para o sucesso; riqueza material é apenas um deles... O sucesso também inclui boa saúde, energia e entusiasmo pela vida, relacionamentos verdadeiros, liberdade criativa, estabilidade emocional e psicológica, sensação de bem-estar e paz de espírito."

PAULO COELHO

O que é o sucesso? O sucesso é dinheiro e fama? Não. Sucesso é quando você vai para a cama à noite e diz: "Meu Deus, posso dormir em paz."

> *Coloque o coração, a mente e a alma até mesmo nos menores atos. Este é o segredo do sucesso.*
> —SWAMI SIVANANDA

RUEDIGER SCHACHE

Do ponto de vista do coração ou da alma, o dinheiro é apenas algo necessário para se ter algumas experiências de vida. O coração não se interessa pelo dinheiro em si. O coração não consegue lidar com o dinheiro. Mas, às vezes, o dinheiro nos ajuda a trilhar o caminho e por isso é algo importante, mas não o mais importante.

Somente quando nossas ações não são movidas pelo dinheiro, e sim pelo prazer, a satisfação, a harmonia e o desejo de contribuir para um bem maior, é que recebemos apoio do universo. Enfim, quando trabalhamos de coração.

GARY ZUKAV

Se você quer ter mais dinheiro (ou outro emprego) para presentear outras pessoas de coração, isso não é busca de poder externo.

> *Valores profundos, como amizade, confiança, honestidade e compaixão, são muito mais confiáveis que o dinheiro – sempre trazem felicidade e força.*
> —DALAI LAMA

ECKHART TOLLE

Se ganhar dinheiro é seu principal objetivo, você ainda não está conectado com a dimensão mais profunda de si mesmo, aqui chamada de coração. Fazer do dinheiro o objetivo da vida não é a melhor forma de se viver. Ainda que atinja seu objetivo de acumular um monte de dinheiro, você acabará descobrindo que basicamente isso traz frustração e infelicidade. O que não quer dizer que o dinheiro seja inerentemente algo não espiritual. Não é o caso. Se você agir com vigor e contribuir com algo vital para este mundo, de alguma forma a abundância – talvez como dinheiro – fluirá em sua direção. Até porque quando uma grande produção de energia do mundo flui através de você, o mundo retribui para você.

Quando você combina entusiasmo pessoal com a vontade de produzir excelência, você é notado e apreciado no que faz. A recompensa chega de forma espontânea e por vezes em abundância. E como você passa a viver uma vida melhor, há uma boa chance de que mais cedo ou mais tarde o dinheiro também lhe chegue, embora sem garantias de quanto.

PAULO COELHO

Seu coração tem um bom jeito de dizer se você está ou não no bom caminho. A isso chamam de entusiasmo. Entusiasmo vem de uma palavra grega cuja raiz é theos *– como em teologia. O entusiasmo é a manifestação de Deus no seu coração. Então, quando você se entusiasma por tudo – mesmo* *quando isso não se encaixa no seu mundo lógico –, você sabe que está seguindo seu coração. E ao seguir o coração, sua vida se preenche de maravilhas. E você olha em volta e diz: "Meu Deus, estou me divertindo."*

> Você só se realiza de verdade com aquilo que ama. Não faça do dinheiro um objetivo. Em vez disso, busque as coisas que você gosta de fazer, e depois faça de um modo que as pessoas não consigam tirar os olhos de você.
> —MAYA ANGELOU

PAULO COELHO

No meu caso, por exemplo, quando comecei a escrever, nunca pensei que isso seria um modo de vida para mim. Eu escrevia porque queria fazer isso. Eu não tinha escolha. No final das contas, não apenas fiz dinheiro, como também fiz muito dinheiro escrevendo. E todo mundo diz: "Se Paulo Coelho pôde fazer isso, nós também podemos."

Ao se conectar com o momento presente, você assume um sentimento de realização e abundância.

ECKHART TOLLE

Jesus se referia à abundância como "plenitude de vida". Mas não se referia à abundância de bens, abundância de coisas. Em nível mais profundo, abundância não tem a ver com as coisas. A abundância nos é inerente junto ao coração, uma vez que a abundância é a própria vida, o próprio princípio criador, a criatividade, a fonte, o que nos anima por dentro.

Mesmo que você se encharque de abundância material, você não precisa disso para ser completo. O que mais importa é que realize alguma coisa que tenha a ver com seu coração e que o faça bater mais rápido. Assim, você tem a chance de sentir-se completo e recompensado e de colher recompensas tangíveis.

DEEPAK CHOPRA

Felicidade e sucesso equivalem a uma realização progressiva de objetivos dignos. Felicidade também é capacidade de amar e de sentir compaixão. Felicidade é um sentimento de conexão com o mistério criador do universo, que chamamos de Deus.

Segundo Sir Richard Branson, fundador do Virgin Group: "Se você pensa que pode ganhar muito dinheiro simplesmente contratando contadores e elaborando planos de negócios, você está errado. Você contrata um grupo de contadores que diz: "Sim, você pode ganhar muito dinheiro." Mas outro grupo de contadores com a mesma formação diz o contrário: "Você vai perder muito dinheiro." O sucesso tem de vir do seu coração, de algo pelo qual você se apaixone e que provavelmente será tão prazeroso quanto um passatempo.

PAULO COELHO

Acho que primeiro é muito importante que você pense em "realizar o seu sonho" e depois "talvez o dinheiro venha". E, se não vier, ainda assim você terá uma vida cheia de alegria, cheia de

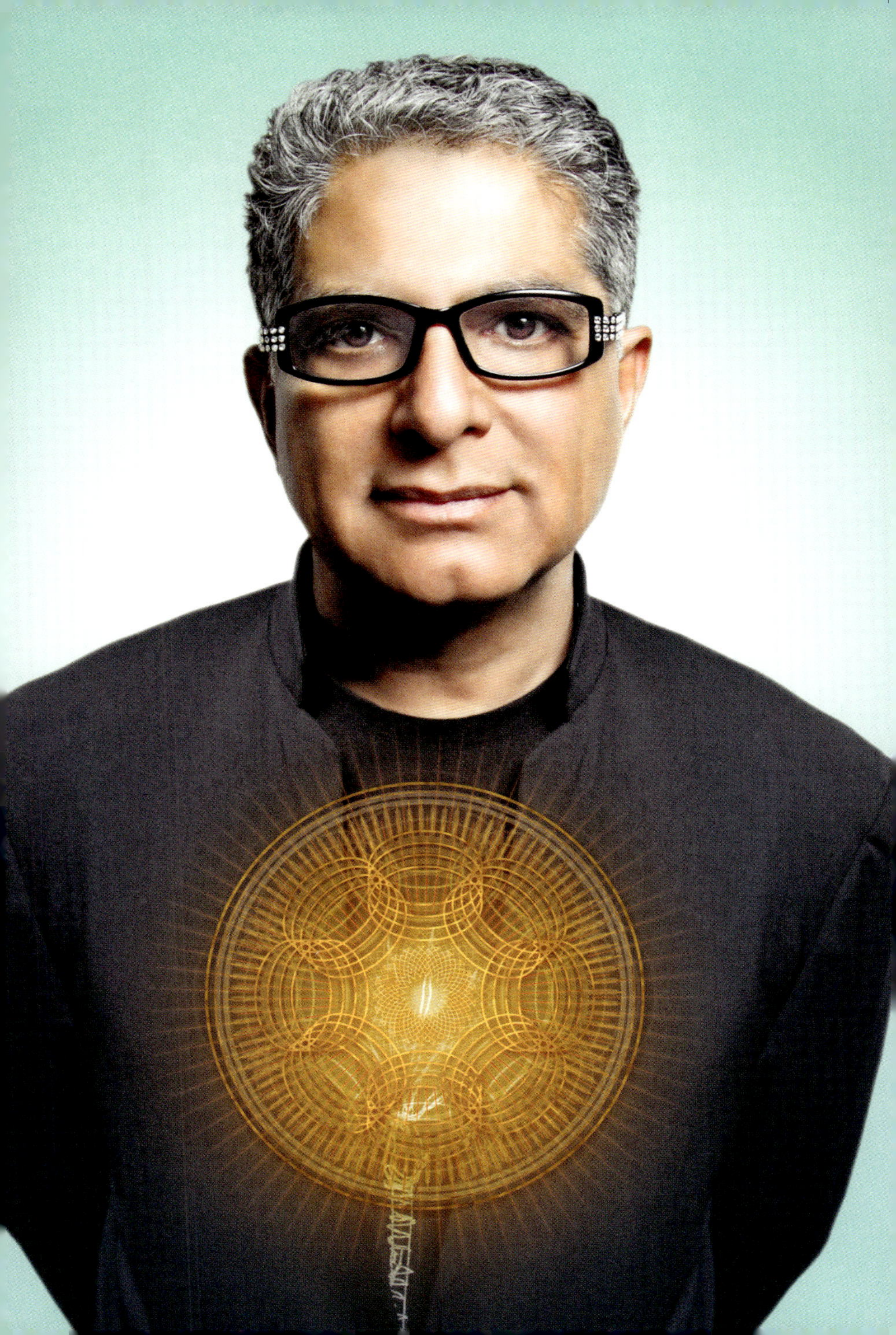

diversão. Por fim, quando o dinheiro vier, seja responsável e mostre-se como exemplo. Pois a vida não muda com opiniões, a vida muda com exemplos.

Realize seu sonho, ouvindo o coração. Lembre-se: os sonhos não têm prazo. Faça o que puder e tenha em mente que sempre existe uma razão para que as coisas pareçam dar errado; os planos cósmicos são muito mais abrangentes do que imaginamos. À medida que você realmente colocar sua intenção a serviço de sua alma, o universo se empenhará em apoiá-lo em tudo que você fizer, de modo que o dinheiro e outras formas de abundância também surgirão em seu caminho.

A falta de dinheiro só nos incomoda quando estamos desconectados de nossa alma. Restaure essa conexão e a abundância do universo fluirá novamente em sua direção. Quando você realmente se converte para o poder do coração, você se torna um brilhante protagonista de uma peça de teatro singular, dirigida pelo universo.

DEEPAK CHOPRA

Para sair dessa bagunça, pergunte-se: "Quais são minhas principais habilidades? Como posso servir à humanidade?" De vez em quando, faça alguma coisa que não tenha a ver consigo mesmo. De vez em quando, faça alguma coisa que não tenha a ver com negócios, porque isso também incrementa os negócios. E então, você quer mesmo sair do sofrimento? Construa uma economia verdadeira oriunda do seu próprio coração.

Se como medida de sucesso você substituir o dinheiro pelo poder do coração, você estará correndo atrás de sua paixão e de sua verdadeira vocação. E terá menos estresse e tensão e mais equilíbrio entre a vida e o trabalho, e mais tempo para o ser amado, a família e os amigos. Quando olhar para trás, só encontrará motivos de satisfação, e não de arrependimento.

ECKHART TOLLE

E se você agir sem essa lógica e deixar de buscar realização com sua ação, você simplesmente passará a apreciar a ação. Isso quer dizer que você estará fortalecido. Nesse caso, passado algum tempo, de repente você poderá ser agraciado pela abundância material. Mas, a essa altura, você não precisará mais disso.

Economia do coração

Primeiro, pessoas, depois, dinheiro, e depois, coisas.
—SUZE ORMAN

Em 2006, em um discurso para a Academy of Achievement, uma organização sem fins lucrativos em Washington, D.C., que convida pessoas proeminentes de todo o mundo para inspirar jovens empreendedores, o diretor de cinema Steven Spielberg disse o seguinte: "Quando você tem um sonho, isso não quer dizer que o tal sonho chega aos gritos na sua cara: 'Isso é o que você é; isso é o que você deve ser para o resto de sua vida!' Às vezes, um sonho quase sussurra. Eu sempre disse para os meus filhos: 'O mais difícil de ouvir são os instintos, a intuição pessoal, pois essas coisas sempre sussurram. Jamais gritam. É muito difícil de ouvir. Por isso, a cada dia da vida, estejam prontos para ouvir sussurros em seus ouvidos. Essas coisas raramente são gritadas. Se vocês ouvirem os sussurros, se isso mexer com o coração de vocês e se for o que quiserem fazer pelo resto da vida, será isso que farão pelo resto da vida. E os outros se beneficiarão de tudo que fizerem.'"

> *Todo mundo tem um propósito na vida... um dom, um talento especial para oferecer aos outros. E quando combinamos este talento único com a ajuda aos outros, vivenciamos o êxtase e a exultação de nosso próprio espírito, o que é o objetivo final de todos os objetivos.*
> —DEEPAK CHOPRA, *AS SETE LEIS ESPIRITUAIS DO SUCESSO*

PAULO COELHO

Você poderá descobrir sua missão na vida se realmente ouvir seu coração.

Estar ou não no caminho certo não é uma questão que sua mente possa responder para você. Mesmo que você tenha um trabalho que muita gente sonha em ter, você pode achar que está no lugar errado, em desacordo com a cultura ou os valores de sua empresa. Você simplesmente pode achar que tomou um caminho profissional errado.

GARY ZUKAV

Todos nós perguntamos: "O que estou fazendo aqui? Que missão me cabe na vida?" Ficamos à procura de um propósito, mas tal propósito só nos encontra quando abrimos o coração.

Se você sente e se questiona dessa maneira, isso quer dizer que seu coração se dirige a você e tenta ajudá-lo a encontrar o caminho certo. Por isso, muitas vezes um caminho errado nos ajuda a encontrar o caminho certo. Seu coração lhe revela as coordenadas do caminho que realmente combina com você, um caminho que o conduz a uma perspectiva mais ampla.

HOWARD MARTIN

Ao abrir o coração, você tem acesso a um mundo que ultrapassa a inteligência lógica rotineira. Você acessa, por exemplo, a intuição. Você acessa um novo nível de sensibilidade e discernimento e percebe as coisas com mais clareza.

Às vezes, o coração nos induz a encontrar satisfação fora do ambiente de trabalho. Isso aconteceu com Albert Einstein, ainda como jovem funcionário de um escritório suíço de patentes, pois ele teve de mofar algum tempo nesse trabalho para só depois sair em busca de sua verdadeira paixão, a física. Só mais tarde conseguiu trabalhar profissionalmente com essa paixão. Racional e equilibrado como era, certa vez Einstein definiu o senso comum como "uma coleção de preconceitos adquiridos por volta dos 18 anos".

> *A imaginação é mais importante que o conhecimento. Enquanto o conhecimento define tudo que conhecemos e compreendemos, a imaginação ressalta tudo que ainda podemos descobrir e criar.*
>
> —ALBERT EINSTEIN

No seu livro *The Book of Awakening: Having the Life You Want by Being Present to the Life You Have*, o poeta e biógrafo Mark Nepo conta que ainda adolescente brigava muito com os pais, que queriam escolher a profissão que ele devia seguir: a mãe queria que ele fosse advogado, o pai, arquiteto. Mas Nepo queria ser – ou melhor, precisava ser – poeta. Isso porque a poesia "o fazia sentir-se vivo".

Nepo cita as frases de um místico: "Um peixe não se afoga na água. Um pássaro não cai do ar. Cada criatura de Deus precisa viver na sua própria e verdadeira natureza."

Todos nós precisamos encontrar nosso próprio elemento onde viver; em outras palavras, uma identidade e uma vocação verdadeiras.

> *Parte da bênção e do desafio do ser humano é descobrir a verdadeira natureza que Deus lhe destinou... a necessidade inerente a cada um de nós. Pois só se vivermos em nosso próprio elemento poderemos prosperar sem ansiedade. E já que os seres humanos são a única forma de vida que pode se afogar e depois ir para o trabalho, a única espécie que pode cair do céu e depois dobrar a roupa lavada, é imperativo que encontremos um elemento vital que nos traga vida... uma vitalidade verdadeira, que nos espera com diferentes ocupações para que possamos explorá-las, caso venhamos a descobrir o que amamos. Se de repente você sente a energia, a emoção, o sentimento de que a vida está acontecendo pela primeira vez, você provavelmente já está próximo da natureza que Deus lhe destinou. A alegria de fazer alguma coisa não é um recurso adicional... é um sinal de profunda saúde.*
>
> —MARK NEPO, *THE BOOK OF AWAKENING*

O universo quer que você faça o que lhe é destinado fazer. Todos nós temos uma missão aqui na Terra: desenvolver a própria habilidade com excelência e obter prazer nisso. Essa missão varia de pessoa para pessoa e abrange um sem-fim de coisas: ensinar crianças com dificuldade de aprendizagem; cuidar de idosos; trabalhar para o serviço público; dirigir uma empresa multinacional e por aí afora. Todos nós temos uma missão a ser descoberta.

MICHAEL BECKWITH

Todos nós trazemos dons para esta vida. Dádivas da alma. Dádivas que só nós podemos exercer porque somos expressões únicas do infinito. Só quando ouvimos o coração, e não a tagarelice da sociedade e o rumor do mundo, é que começamos a exercer nossos dons. Começamos a fazer o que estamos destinados a fazer e que tínhamos prometido a nós mesmos fazer antes mesmo de encarnarmos.

RUEDIGER SCHACHE

Por que o sentido da nossa vida torna-se claro quando nos conectamos com nosso coração? Porque no coração existe uma porta de entrada para a alma. E quando você ouve o que sai por essa porta, você automaticamente segue cada vez mais o caminho de sua alma. E se você está no caminho de sua alma, o propósito de sua vida torna-se totalmente claro.

Para entender melhor a missão que lhe cabe na vida, você precisa fazer uma série de perguntas a si mesmo. As respostas a essas perguntas o farão compreender melhor seu verdadeiro eu.

DEEPAK CHOPRA

Faça qualquer pergunta ao seu coração: "Quem sou eu? O que quero? Qual é meu propósito na vida? Quem são meus heróis e heroínas na história, na mitologia e na religião? Que qualidades busco num amigo? Com quais qualidades contribuo numa amizade? Quais são minhas habilidades e talentos? Como poderei utilizá-los a serviço da humanidade?"

Dedique um tempo para responder às perguntas de Deepak. Você pode optar por escrever as respostas para retomá-las depois.

Quando você segue a rota traçada pelo seu sistema de navegação interna, às vezes você se dá conta de que tomou um rumo profissional sem um sentido racional, já que o leva por caminhos esburacados e escuros. Mas você sabe que isso é necessário. Seu coração deixa claro que você não tem outra escolha. Não se preocupe com o que as outras pessoas pensam. Limite-se a ouvir com atenção sua voz interior. Quando você faz o que nasceu para fazer, seu destino é claro. Quando você faz o que nasceu para fazer, você não se sente abatido, e sim cheio de energia.

Sempre fui uma pessoa rica porque o dinheiro não está associado à felicidade.

—PAULO COELHO

MARIANNE WILLIAMSON

Ele chega de algum lugar lá no fundo: o espírito humano. E diz: "Vá por ali e seu coração o guiará."

Se você ouvir seu coração, acabará descobrindo que está fazendo a coisa certa. E saberá que está realizando sua missão pelo infinito prazer que isso lhe dá.

CONTEMPLAÇÃO
Seu chamado

Para entender melhor sua missão, faça a si mesmo as seguintes perguntas:
- Quem sou eu?
- O que quero?
- Qual é meu verdadeiro elemento?
- O que meu coração me leva a querer e a fazer?
- Qual é o propósito de minha vida?
- Quem são meus heróis/heroínas na história, na ficção, na lenda e na religião? O que mais admiro neles?
- Quais são minhas habilidades e talentos?
- Como posso utilizar essas habilidades e talentos para um propósito maior?

Seja corajoso e siga o caminho traçado por seu coração e sua alma, mesmo que isso pareça estranho ou tenha a oposição dos outros. Lembre-se de que, se você fizer o que nasceu para fazer, acabará por desvelar seu destino – mesmo que isso leve um bom tempo.

Como ajuda, repita a prece "Mude-me" criada por Tosha Silver:

Mude-me, Divino Amado, em alguém que ao acordar me lembre de quem realmente SOU; algo que me faça cair em mim. Deixe-me convidar Seu plano divino para mim e usar esta vida para o mais elevado bem. Deixe-me viver a serviço da divindade. Mude-me, Divino Amado, em alguém que realmente saiba fazer isso!

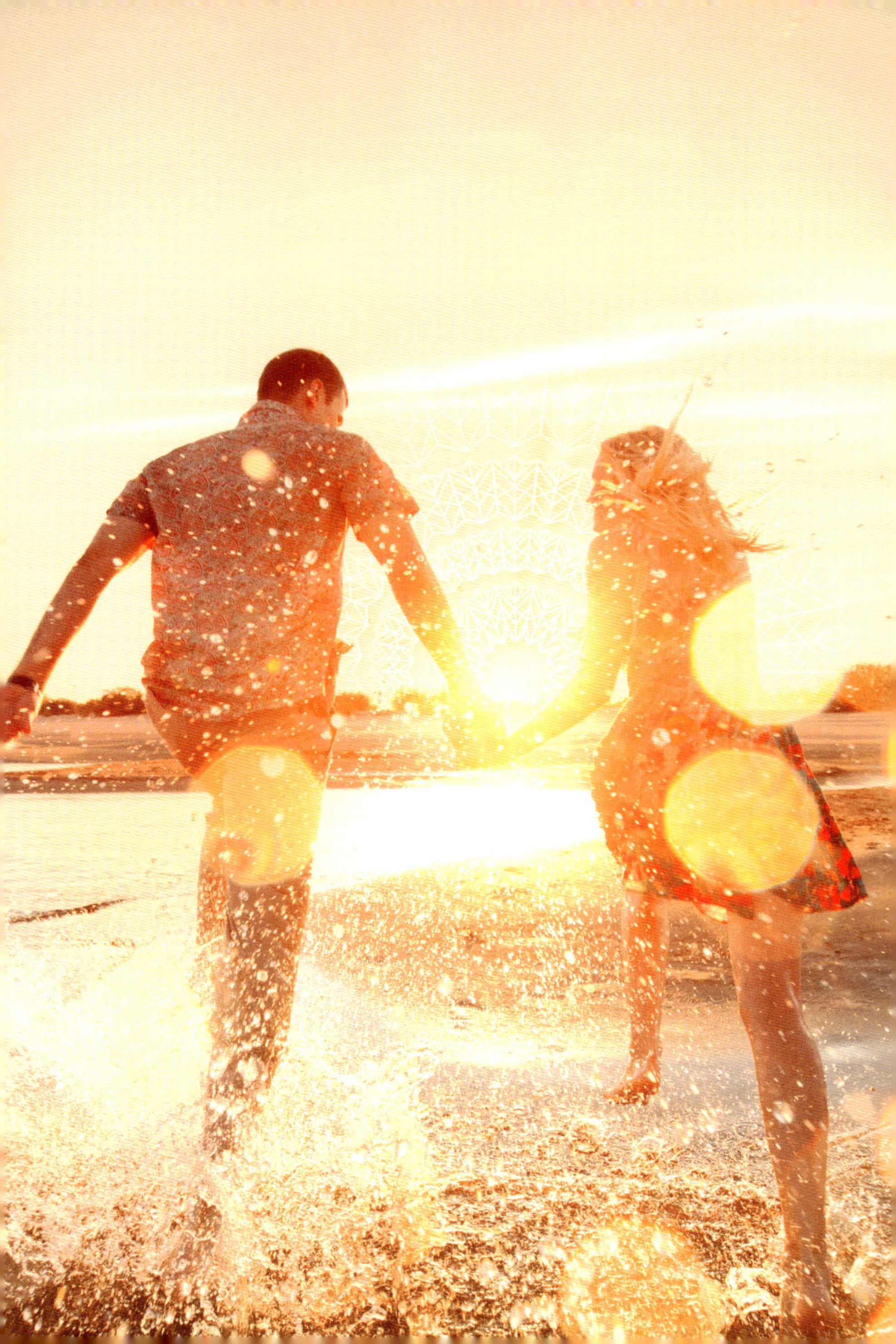

12. O coração da saúde

O coração é um instrumento de mil cordas que só pode ser afinado com amor.

—HAFIZ

A conexão com o coração é importante para a saúde física, emocional e espiritual. O batimento cardíaco e o estado emocional estão interligados. Quando você experimenta emoções negativas, como medo, raiva ou frustração, seu batimento cardíaco torna-se agitado e irregular. Já quando você experimenta emoções positivas, como amor, felicidade ou apreço, seu batimento cardíaco torna-se sereno e suave.

DEEPAK CHOPRA

Em outras palavras, seu coração é estruturalmente diferente de acordo com os diferentes estados de consciência. Se você vivencia o medo, a estrutura do seu coração é diferente de quando você vivencia o amor, a compaixão, a bondade e a equanimidade.

A investigação científica mostra que, quando o ritmo do coração está calmo e coerente, o corpo adquire melhor equilíbrio, que por sua vez melhora a saúde e o bem-estar.

HOWARD MARTIN

Claro que as emoções associadas ao coração são saudáveis para nós. São as únicas que regeneram. Já existem diversos estudos sobre o efeito das emoções negativas, como a raiva e outras mais. Não são boas para nós. Fizemos estudos sobre os afetos, como o cuidado, que mostram um efeito regenerativo quando as emoções associadas ao coração estão presentes. Cuidado, apreço e amor são emoções que regeneram. São boas para nossa saúde. Produzem mudanças hormonais no corpo físico que perduram por muito tempo. A importância do coração para o corpo ultrapassa a função de bombeamento do sangue. Ele influencia o funcionamento do cérebro, a liberação de hormônios e as respostas do sistema imunológico. Os principais sistemas do corpo são influenciados pelo coração.

Se, de um lado, a saúde é de importância crucial para o coração, de outro lado, o coração é de importância crucial para a saúde. Quando nos conectamos com o coração e vivenciamos as emoções positivas geradas por essa conexão, incrementamos nossa saúde.

DEAN SHROCK

Na verdade, a chave para a saúde é sentir-se amado e cuidado, sentir-se escutado e compreendido.

MARCI SHIMOFF

Existem benefícios maravilhosos quando se vive em grande estado de amor. Quando sentimos mais amor, temos mais saúde e vivemos mais. As pessoas mais felizes ou que sentem mais amor vivem, em média, nove anos mais. Elas são mais criativas e possuem uma grande capacidade cerebral. Elas também são mais bem-sucedidas e se relacionam melhor. Além de serem pais melhores, também atraem mais amor. Enfim, todas as áreas da vida são incrementadas quando se vive em grande estado de amor.

Quando você não está feliz consigo mesmo, inevitavelmente sua saúde sofre as consequências. Na verdade, o estresse contínuo por irritação, raiva ou frustração aumenta o risco de desenvolver doenças cardiovasculares. As emoções negativas prejudicam gravemente a saúde, enfraquecem o sistema imunológico e provocam doenças.

HOWARD MARTIN

O Institute of HeartMath fez uma pequena e interessante experiência com um menino e uma cadela. Mabel, uma velha, doce e maravilhosa labradora retriever, tinha um vínculo com Josh, filho de Rollin McCraty, diretor de pesquisa do HeartMath. McCraty colocou monitores cardíacos em Josh e Mabel para medir mudanças nos ritmos cardíacos e se certificar se eram coerentes ou incoerentes. Quando McCraty reuniu os dois, os ritmos cardíacos mostraram-se ao mesmo tempo coerentes e sincronizados. O amor trocado entre sistemas vivos, entre seres vivos, produz mudanças nos ritmos cardíacos que influenciam o funcionamento desses seres.

Na realidade, dois corações distintos podem bater em uníssono. E um batimento cardíaco coerente é o ritmo de um coração saudável.

Gerar emoções positivas é o melhor método para se livrar do estresse. O coração tem um papel relevante nisso porque é uma fonte inesgotável de emoções positivas.

DEAN SHROCK

Descobri no meu trabalho que, quando as pessoas se sentem livres para que sejam elas mesmas, para fazer o que realmente lhes traz paz de espírito, isso literalmente se registra em seu corpo de um modo a torná-las mais saudáveis. Presencio isso com muita frequência no trabalho com o câncer, especialmente com pessoas que reorientam a vida no sentido do que é mais importante, assumindo uma responsabilidade pessoal para fazer diariamente o que lhes traz alegria. Certifique-se também se você está prestando atenção nos alimentos que ingere e se está fazendo o possível para manter o corpo em forma.

Quando você retoma a comunicação com seu coração e concentra-se nas intenções de sua alma, você restaura o equilíbrio entre a mente e o corpo e torna-se mais saudável.

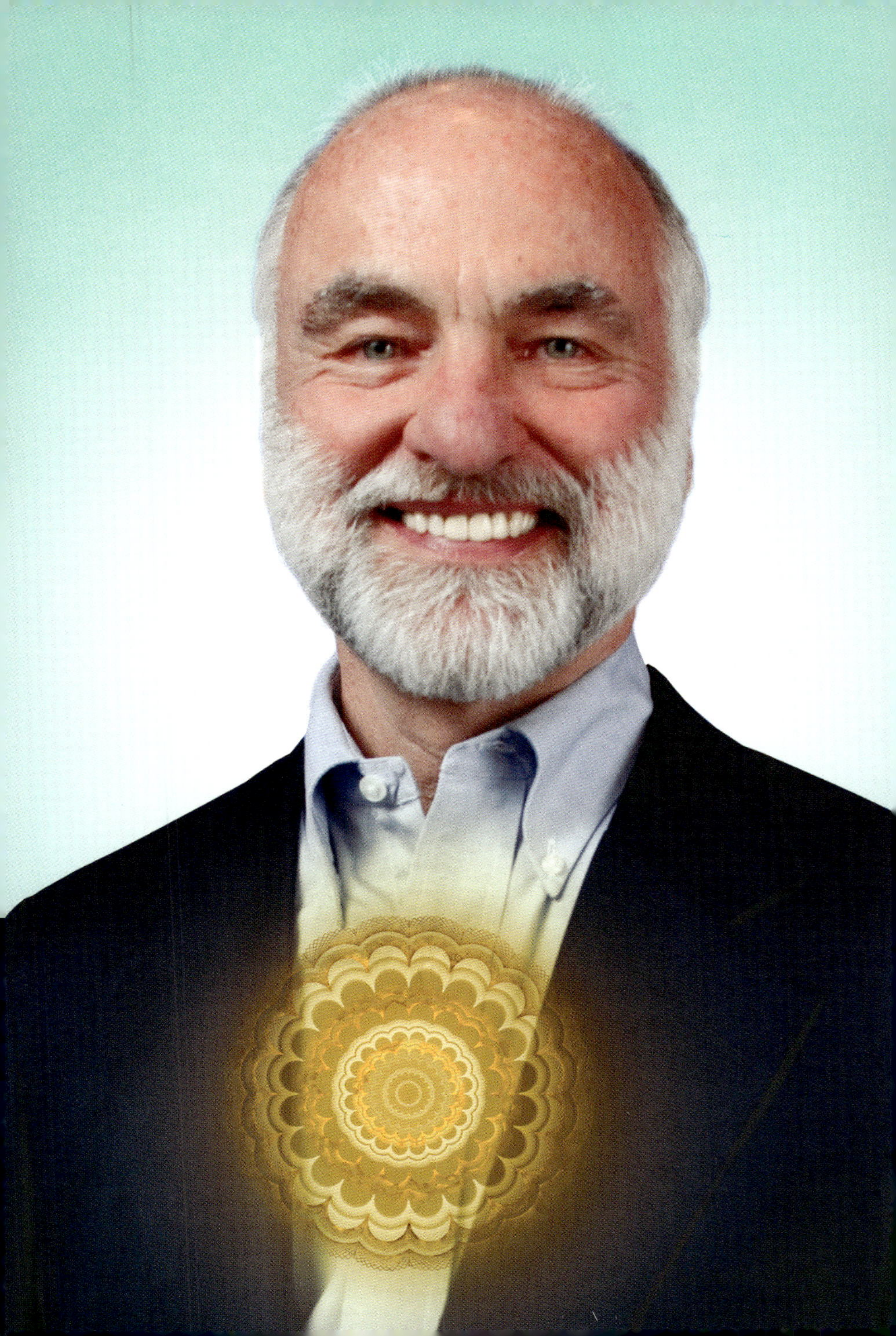

JOE DISPENZA

As emoções elevadas começam a gerar energia no coração. O coração começa a captar um sinal mais forte, e o campo humano começa a se expandir. Com isso deixamos de ser muito físicos e passamos a ser mais energia e a nos sentir conectados a algo maior. Esse é o momento em que já não estamos tentando controlar o resultado e vivendo em função dos hormônios de estresse.

Deepak menciona a seguir uma contemplação simples que pode auxiliar o coração.

DEEPAK CHOPRA

"Contemplação" implica manter uma ideia na consciência e ao mesmo tempo prestar atenção no coração. Quando você presta atenção no coração, mesmo quando continua pensando, você contempla com alegria, paz, felicidade e compaixão. Ao fazer isso, seja com paz, harmonia, riso, amor, alegria, compaixão e bondade, modifica a estrutura do seu coração. Ele muda.

Cabe lembrar que as emoções são mais rápidas e mais potentes que os pensamentos, o que significa que o impacto das emoções positivas é maior que o dos pensamentos positivos. Por isso, por mais que você se esforce para levantar o astral com pensamentos positivos, tais pensamentos serão ultrapassados por suas emoções. Claro que o pensamento positivo é útil, mas os impulsos positivos do coração são mais eficientes na melhora da saúde.

ROLLIN McCRATY

À medida que aprendemos a explorar a inteligência do nosso coração, incrementamos nossa vitalidade, nossa capacidade de resistência e, principalmente, nossa saúde e felicidade. Do meu ponto de vista, as pessoas deprimidas realmente se afastam do que chamamos inteligência do coração. Isso porque é a inteligência do coração que traz mais experiências e sentimentos positivos para nós. Ou seja, quando repelimos a inteligência do coração, acabamos entrando em depressão.

Quando você está amedrontado, com raiva ou frustrado, seu corpo produz menos o hormônio de vitalidade e mais o hormônio de estresse. Quando você tem uma vida muito estressante e fecha os olhos para as causas e efeitos disso, você sente dificuldade para se conectar com o coração e, consequentemente, para gerar as emoções positivas que podem ajudá-lo a se livrar do estresse.

Mas quando você se conecta com seu coração, com o poder do amor, isso resulta em coerência do coração, que alivia o estresse. Como consequência disso, seu corpo também produz um hormônio chamado DHEA, um hormônio rejuvenescedor. Howard Matin observa que geralmente se referem a esse hormônio de vitalidade como hormônio antienvelhecimento.

ECKHART TOLLE

Portanto, preste atenção em todos os sinais de estresse que surgirem. Isso indica que você perdeu a conexão com o coração, pois, se estivesse conectado, haveria poder, e não estresse. Haveria alegria e eficiência, mas não ansiedade.

Um coração amoroso em um corpo amoroso produz mais DHEA (hormônio de vitalidade) e menos hormônio de estresse. Isso também produz importantes estimulantes no sistema imunológico que protegem contra infecções. E, quando você abre seu coração, desenvolve emoções positivas que influenciam positivamente seu estado de espírito e seu corpo.

Por fim, e talvez mais importante, nosso coração também alcança outros corações. De acordo com o Institute of HeartMath, o campo eletromagnético que rodeia o coração é 5 mil vezes mais poderoso que o campo eletromagnético que rodeia o cérebro. De fato, os pesquisadores podem medir o campo energético do coração a uma distância de 2 metros e meio a 3 metros do corpo observado. Esse campo transmite a energia das emoções humanas, de modo que pode sentir e enviar a energia do amor.

MARCI SHIMOFF

Seu coração carrega as informações emocionais refletidas e sentidas pelas pessoas mais próximas. Na verdade, seus batimentos cardíacos afetam os batimentos cardíacos das pessoas mais próximas.

Você atrai o amor e o carinho das outras pessoas especialmente quando faz um esforço para emanar emoções positivas. Assim que se conecta com as outras pessoas, incrementa um estado de espírito melhor para si mesmo.

DEEPAK CHOPRA

Quanto mais nos conectamos com os seres sensíveis e a vida de todo o ecossistema planetário, mais saudável se torna nosso coração. Segundo alguns estudos atuais, o principal fator da morte prematura por doença cardiovascular é a hostilidade e o ressentimento – a chamada "desconfiança cínica".

DEAN SHROCK

Uma das coisas que me intrigaram e me surpreenderam no meu trabalho como diretor de centros de medicina [para câncer] foi perceber que, quando incentivávamos as pessoas a desenvolver a vontade de viver, elas encaravam isso como muito egoísta. Achavam que os outros e todo o resto deviam estar em primeiro lugar. Por isso, quando redigi minha pesquisa – sobre por que meus pacientes viviam mais tempo –, optei por concluir que não era pela vontade de viver, e sim porque eles se sentiam amados e cuidados. Isso fez a diferença. E quando perguntava aos pacientes dos diferentes centros o que mais os ajudava no tratamento, para minha grande surpresa, não era nada do que tinham aprendido comigo, e sim o fato de que eram ouvidos e cuidados com carinho sincero por mim. As pesquisas do Dr. James Lynch e do Dr. Dean Ornish também deixa-

ram claro que o sentimento de ser ouvido, compreendido, amado e cuidado levava o doente cardíaco a convalescer.

O cocriador Rollin McCraty conta uma história de gêmeas recém-nascidas que ilustra a ligação energética que temos uns com os outros. Logo após o seu nascimento, em 1995, os bebês foram colocados em incubadoras separadas, um procedimento normal na época. Mas a frequência cardíaca de um dos bebês era errática, e isso o deixava agitado e aos prantos, sem conseguir se acalmar. Uma enfermeira então decidiu colocar as recém-nascidas na mesma incubadora. A mais calma instintivamente pôs o braço em torno da irmãzinha, que se acalmou quase que no mesmo instante; ela parou de chorar e seu batimento cardíaco e sua respiração se estabilizaram.

HOWARD MARTIN

O que nos reequilibra, o que realmente nos cura, é o magnífico e lindo poder produzido pela inteligência do coração. Isso nunca se dissipa; isso está sempre presente. Mesmo quando nos afastamos do coração, sempre podemos retornar a ele. E quando retornamos, é esse poder que nos ajuda a superar a depressão e os sentimentos de tristeza de um coração partido.

O poder do coração é o amor – amor por si mesmo e amor pelos outros. Este é o caminho mais rápido para uma mente saudável em um corpo sadio.

Saúde não é só bem-estar, mas também o bom uso de cada poder que temos.
—FLORENCE NIGHTINGALE

CONTEMPLAÇÃO
Coração do amor

Preste atenção no seu coração e reflita sobre as palavras seguintes. Coração. Amor. Alegria. Paz. Felicidade. Compaixão. Bondade.

Qualquer que seja a ideia que você escolha – paz, harmonia, felicidade, amor, alegria, compaixão, bondade –, ela transforma a energia do seu coração. Faz com que ele readquira uma energia saudável e coerente e um ritmo nos seus batimentos.

Já sabendo disso, preste atenção novamente no seu coração e retorne à contemplação. Mantenha a ideia de amor, bondade, compaixão, paz de espírito e alegria, tanto na sua consciência como no seu coração. Mantenha cada ideia como se plantasse uma semente. Ela vai florescer e frutificar. E vai nutrir seu coração, suas emoções e seu corpo.

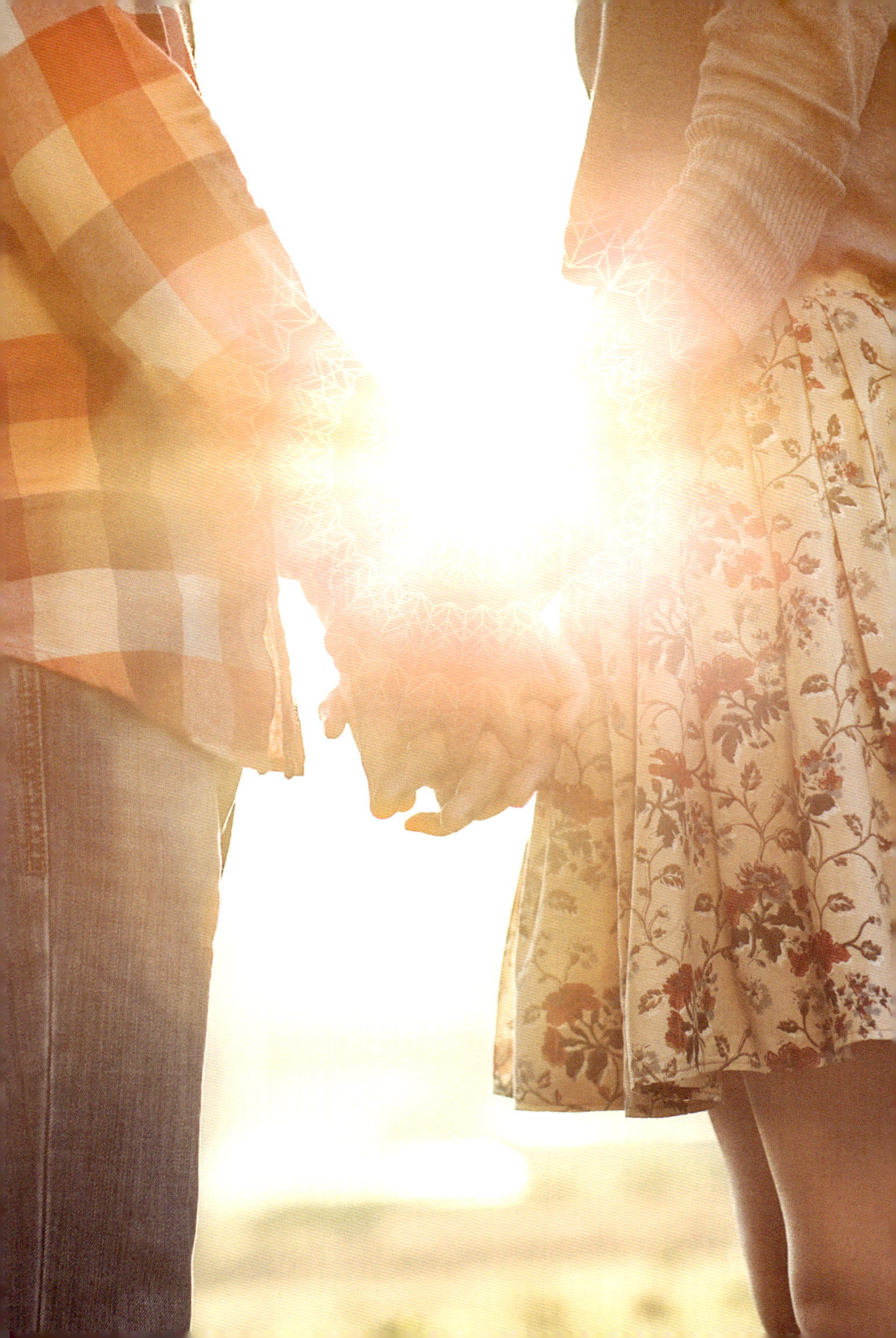

13. Amor e relacionamentos

O amor é a essência do ser humano, de modo que, quanto mais sentimos amor no coração, mais amor recebemos.

—DEEPAK CHOPRA

O amor é a energia básica do universo. A energia do amor está fora e dentro de você.

DEAN SHROCK

Tudo é energia. E a essência do universo é uma energia de amor ou de plena harmonia e ordem. Então, quando você vive o amor, você literalmente entra no intenso fluxo de energia da vida. O amor o faz se lembrar de quem você é enquanto energia. O amor realinha as moléculas do seu corpo e as faz funcionar de um modo mais harmonioso.

MARCI SHIMOFF

O amor é como uma estação de rádio que está sempre no ar. Só precisamos sintonizá-la. Imagine então que você está sintonizando a estação Amor FM. E que depois de sintonizá-la será a frequência na qual você passará cada vez mais tempo.

O que sempre esquecemos é que na verdade o amor é a identidade de cada um de nós e que realmente somos um oceano de amor. Quando nos tornamos mais conscientes desse oceano de amor interior e realmente nos sentimos ligados a isso, saímos da condição de mendigos de amor que vagam com suas canequinhas, esperando que os outros as encham, e passamos a ser filantropos de amor. E de repente transbordamos naturalmente do próprio amor. Não podemos desistir disso porque sabemos que somos isso.

Uma pesquisa de Marci Shimoff, renomada especialista em amor, felicidade e sucesso, aponta quatro principais estágios de amor. O estágio inferior é o de "falta de amor", o que experimentamos quando sofremos ou sentimos medo, ou quando estamos tristes e desconectados do amor.

O estágio intermediário é o de "amor por maus motivos", ao que Shimoff se refere como "basicamente falta de amor sob analgésicos". É o que acontece quando tentamos preencher um vazio que sentimos por dentro. E para isso geralmente utilizamos coisas que não nos servem de nada ou que simplesmente são ruins – maus relacionamentos, drogas, álcool, comida – para compensar a ausência de amor dentro de nós.

O estágio mais acima é o de "amor por bons motivos", o que ocorre quando obtemos amor de um relacionamento ou de alguma coisa externa a nós.

E qual é o estágio superior de amor?

MARCI SHIMOFF

Não há nada de errado em ter relacionamentos amorosos inesquecíveis ou em amar o trabalho que fazemos e nos completar com isso. Mas, quando baseamos nossa experiência do amor em fatores externos, geralmente isso se dissipa. Não serve de base sólida para o amor. Sendo assim, embora o "amor por bons motivos" seja algo maravilhoso, este não é o estágio superior do amor.

> *O amor não precisa da razão. O amor brota da sabedoria irracional do coração.*
> —DEEPAK CHOPRA, *O CAMINHO PARA O AMOR*

MARCI SHIMOFF

O estágio superior do amor é o de "amor sem motivos", um estado de amor interno que não depende nem de pessoas nem de situações nem de parceiros românticos específicos. Quando amamos assim, em vez de olharmos para fora para extrair amor das circunstâncias, introduzimos amor nas circunstâncias. E quando estamos no estágio de amor sem motivo, sentimos a liberdade. Sentimos a expansão. Sentimos a paz. Sentimos a alegria. Simplesmente amamos. Sem precisar de motivos para amar.

Em relação ao poder do amor, Shimoff cita Emmett Fox, líder do Novo Pensamento: "Não há dificuldade que o amor não consiga superar... Se você apenas amar, será o mais feliz e mais poderoso ser do universo.

Sua tarefa não é procurar amor, mas simplesmente procurar e encontrar as barreiras que você construiu dentro de si mesmo para se defender do amor.

—RUMI

Tal como muitas pessoas, Linda Francis procurou a pessoa certa durante anos, mas ainda assim nenhum relacionamento ia adiante. Mas a sorte mudou para melhor quando ela já estava pronta para dizer para si mesma: "A partir de agora, serei a pessoa certa para mim."

LINDA FRANCIS

E quando me tornei essa pessoa certa, deixei de me importar se tinha um relacionamento ou não. Já não me preocupava com isso. Só me interessava continuar desenvolvendo o poder autêntico em minha vida.

Francis deixou de procurar o "par perfeito" e se concentrou em se relacionar com sua própria alma. Examinava os desejos de sua alma e se perguntava quem realmente era ela, o que realmente queria na vida e o que o universo queria dela. Isso a fez reconhecer que nos relacionamentos anteriores nunca se sentira boa o suficiente para a outra pessoa. Só depois que Francis encontrou um jeito de ser ela mesma, toda em si mesma, é que seu parceiro atual, Gary Zukav, cruzou seu caminho.

DEEPAK CHOPRA

Se você quiser ter um relacionamento significativo, deixe de procurar a pessoa certa. Repito: se você quiser ter um relacionamento significativo, deixe de procurar a pessoa certa e torne-se a pessoa certa para si mesmo.

Quando você se torna a pessoa certa, o seu verdadeiro eu, você passa a entender o amor sob uma perspectiva mais ampla. Você deixa de enfatizar uma procura geralmente aflita por outra pessoa para nutrir e apoiar sua própria alma.

MARCI SHIMOFF

Você se torna um amigo de si mesmo. Você se torna seu próprio apoio de afeto. Essa é então uma forma poderosa de começar a construir um relacionamento de confiança e amor consigo mesmo.

E quando se sentir feliz consigo mesmo, acabará atraindo alguém que ressoará com seu tranquilo e confiante estado de consciência.

JOHN GRAY

Geralmente as pessoas que estão à procura de um parceiro ideal, uma alma gêmea, dizem que não conseguem encontrá-lo. Elas procuram e procuram, e procuram, e não conseguem encontrá-lo. Bem, se sua alma gêmea não bate à sua porta, é porque você não está pronto. Não é que você não esteja procurando com afinco. Você precisa se preparar para que isso aconteça. E se preparar para encontrar a pessoa certa é fazer uma conexão consigo mesmo como a pessoa certa.

Às vezes, a busca pelo "par perfeito" torna-se uma busca para preencher um vazio. No entanto, antes de construir um relacionamento significativo com alguém, você precisa aceitar a si mesmo. Como escreve Deepak Chopra: "Imaginamos que o amor é algo separado de nós.

Na verdade, não há nada, senão amor, quando estamos prontos para aceitá-lo. Quando você realmente encontra o amor, você se encontra."

Sem autoconfiança, você perde a capacidade de amar outra pessoa de igual para igual. Quando você se esforça demais para amar e aceitar a si mesmo, é como se estivesse dizendo para o universo que você não vale o amor que merece.

Não confio em pessoas que não se amam e mesmo assim me dizem: "Eu te amo." Eis o que diz um provérbio africano: tome cuidado quando uma pessoa nua lhe oferece uma camisa.

—MAYA ANGELOU

JOHN GRAY

Se você quiser encontrar alguém que realmente o ame e o conheça, antes se conheça e ame a si mesmo. O amor-próprio é a base de qualquer relacionamento que funcione, mesmo quando este relacionamento é apenas uma preparação para encontrar uma alma gêmea.

A intenção de dar amor é o primeiro passo para aceitar a si mesmo. Isso pode ser feito ajudando os outros e seguindo seu próprio coração. Ao perseguir um sonho, você conquista habilidades e compreensão, que incrementam sua competência e autoconfiança. Assim, você mostra o quanto você batalhou por si mesmo e mais cedo ou mais tarde aparece uma pessoa cujos valores e objetivos complementam os seus.

PAULO COELHO

Basta tentar amar e manifestar esse amor. Quando seu coração está aberto, essa energia de amor flui para dentro, preen-

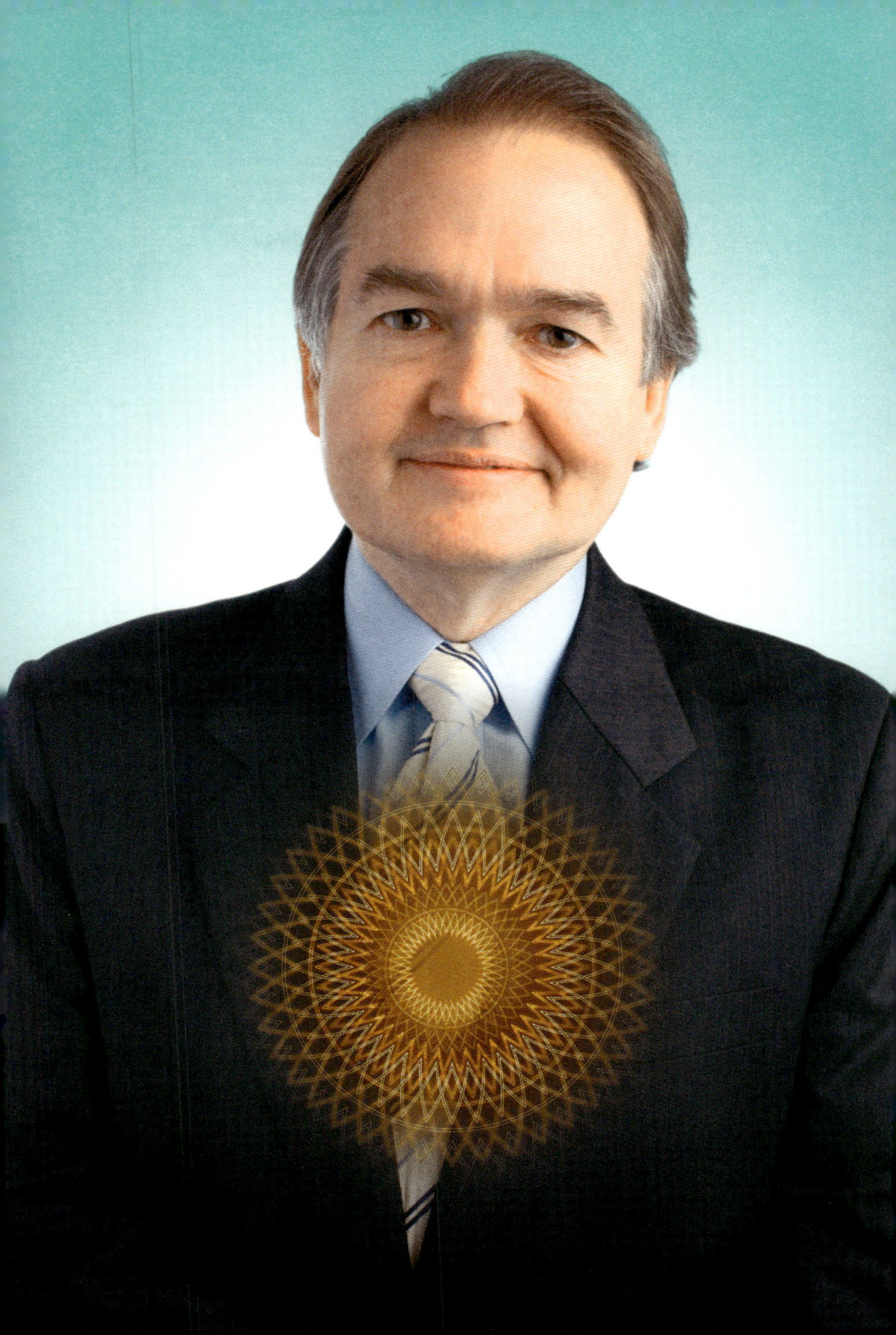

che tudo e de alguma forma transmuta-se em ações. Então, você vê que sua vida está mudando. E você se pergunta: "Mas por quê? Não fiz nada. Não aprendi nada de novo." Você aprendeu, mas não de forma consciente. Isso porque seu coração está aberto.

Abrace a si mesmo. Aprecie plenamente tudo que existe de bom em você. Aceite as suas imperfeições e siga as seguintes práticas:

- Crie a intenção de confiar implicitamente no seu coração.
- Seja grato por ser quem você é. Aprecie seus pontos fortes e seus talentos.
- Desenvolva suas habilidades e seus talentos, e você será autoconfiante e feliz. Se algo lhe diz para agir ou para fazer alguma coisa, persiga isso, trabalhe e melhore isso.
- Seja gentil consigo mesmo. Crie o hábito de elaborar pensamentos positivos sobre si mesmo, e tudo que fizer será apoiado pelo universo. Não se refira a si mesmo de maneira negativa.
- Seja bondoso todo dia com alguma pessoa.
- Não se preocupe demais. A preocupação raramente resolve os problemas. A preocupação só o afasta das boas oportunidades da vida. Se você estiver propenso a se preocupar, faça uma atividade física. Faça um passeio. Exercite-se. Faça ioga. O movimento do corpo ajuda a limpar a mente.

Nós simplesmente não podemos nos preocupar conosco.

—PAPA FRANCISCO

- Seja honesto consigo mesmo a respeito dos seus próprios sentimentos. Se estiver triste, reconheça a tristeza e não a esconda. Pergunte ao seu coração o que você deve fazer para lidar com a tristeza.
- Faça uma pausa de vez em quando. Aproveite o tempo para cuidar do corpo e da alma.
- Você está destinado a ser feliz. Faça tudo com prazer. Não leve a vida ou a si mesmo muito a sério. Pratique a gratidão.

DEEPAK CHOPRA

Tanto aqueles que amamos como aqueles que não amamos são reflexos de nosso próprio eu. Nós nos apaixonamos por pessoas que possuem traços que queremos em nós mesmos. E não gostamos de pessoas que possuem traços que negamos em nós mesmos. Se você quiser um relacionamento bem-sucedido, encare o mundo como um espelho do seu próprio eu. Cada situação, cada circunstância, cada relacionamento refletem seu próprio estado de consciência.

A energia de suas intenções sempre retorna para você em seus relacionamentos e em outras áreas de sua vida. As pessoas com quem você topa espelham as suas próprias intenções.

GARY ZUKAV

Existe um modo certo para atrair o tipo de pessoa que você deseja em sua vida, e este modo certo é tornar-se parecido com essa pessoa. Se quiser atrair pessoas pacientes e carinhosas que se importem com você, que lhe prestem atenção, e que o tenham em alta estima e estejam disponíveis para você, sem cadeias e sem reservas, torne-se uma pessoa assim para os outros e certamente atrairá para si pessoas semelhantes. Essa é a lei da atração. Energia atrai energia semelhante.

Se você pensa que não será feliz se não tiver um parceiro de vida, provavelmente acabará atraindo um parceiro infeliz e em busca de um relacionamento para preencher um vazio dentro dele mesmo. Se, por outro lado, você se alinha com sua alma, certamente acabará atraindo uma pessoa que reflete esse mesmo estado de consciência.

DEEPAK CHOPRA

Você quer ser atraente? Então, seja natural. Irradie sua humanidade pura e simples. Não julgue a si mesmo e aos outros. Responda aos gestos de amor e não use máscaras sociais. Seja natural. Reconheça que você tem fraquezas e defeitos e até mesmo sombras. Isso não o torna incompleto, mas completo. Isso não o torna partido, mas inteiro. Enfim, o segredo para relacionamentos bem-sucedidos é encarar todos os relacionamentos como espelhos.

Seja sempre você mesmo; resista à tentação de usar diferentes máscaras. Quando você finge ser alguém diferente de si mesmo, você se desconecta do seu coração e das outras pessoas.

> *Pode nos acontecer um milagre maior do que olharmos uns nos olhos dos outros por um instante?*
> —HENRY DAVID THOREAU

Mesmo que você encontre o amor, continua sendo importante comunicar-se de coração com confiança e respeito mútuo.

JOHN GRAY

Se quisermos nos comunicar com autenticidade e coração aberto em qualquer relacionamento, antes precisamos definir isso como nosso objetivo e lembrarmos uns aos outros de fazer o mesmo. Minha esposa, Bonnie, é muito clara sobre isso quando me diz: "John, não quero ouvi-lo até que você fale comigo de coração." E respondo: "Não, já estou falando, estou sendo racional." E ela replica: "Não, quero ouvir seu sentimento, quero ouvir seu amor no tom de sua voz. Só voltaremos a conversar depois que você fizer isso."

Que mensagem simples ela me dá. Recusa-se a conversar comigo quando só estou na minha cabeça, e não no meu coração. Ela erraria se dissesse que algo está errado porque está na minha cabeça, pois isso tornaria errada uma parte importante de mim. Mas, quando estou com o coração fechado, quando pareço cruel ou quero provar que tenho razão, ela me diz: "Não posso ouvir isso agora. Preciso ouvir um pouco mais do seu coração. Quando estiver pronto para falar com o coração, estarei pronta para falar com você."

Sempre tenha a intenção de se comunicar com o coração. Se lhe disserem coisas perturbadoras, encare o atrito como um desafio para começar de novo, para retornar sua alma e compartilhar seus sentimentos com suavidade. Seja generoso, e o atrito o ajudará a incrementar os relacionamentos.

Quando você briga com seu parceiro, você briga consigo mesma. Cada erro apontado por você ressalta uma fraqueza negada em si mesma.
—DEEPAK CHOPRA, *O CAMINHO PARA O AMOR*

JOHN GRAY

Isso significa ampliar a sabedoria do coração, pois cada vez que você retorna ao amor, você cresce em sabedoria. Essa é a chave para acessar seu potencial interior, para amar e se conectar com sua alma, uma vez que a finalidade de sua alma é amar. E você cresce em sabedoria cada vez que volta a amar.

MAYA ANGELOU

Muitos anos atrás, meu casamento ia mal. Um dia, meu marido me deixou enfurecida e sem saber o que fazer. Eu então o xinguei. Depois, ele se queixou com mamãe: "Minha sogra, ela usou um linguajar que me deixaria envergonhado se fosse dito por marinheiros." Mamãe disse: "Minha filha fez isso?" Ele repetiu: "Sim, ela utilizou um linguajar vulgar comigo."

Mamãe então disse: "Preciso ouvir isso dela." E ela então me perguntou: "Você fez isso?" Respondi: "Sim." Ela se virou para o meu marido e explicou: "As pessoas dizem palavrões quando não encontram outras palavras para dizer, quando não encontram outras palavras que transmitam o que estão sentindo, e por isso utilizam o que tem menos valor, a blasfêmia."

"São como cinzas, lançadas ao léu." Enfim, quando você ouvir palavrões, lembre-se de que quem os diz não encontrou outras palavras para dizer e que por isso apenas lança cinzas ao léu.

Se você quiser se comunicar com seu parceiro do fundo do coração, substitua as reclamações por perguntas. Se apenas se queixar, seu parceiro ou sua parceira deixará de ouvir ou ficará na defensiva. Procure transmitir a queixa de um modo que o outro possa entender. Uma forma de fazer isso é transformar a reclamação em questão. É só perguntar! Forme a intenção e pergunte com amor. Se você tomar a decisão consciente de se comunicar com o ser amado por via do coração, você receberá uma resposta semelhante.

DEEPAK CHOPRA

Toda vez que você sofrer, pergunte a si mesmo: estou pensando em quem? E vai descobrir que está pensando apenas em si mesmo. Se quiser aliviar o sofrimento, deixe de pensar em si mesmo! Pense nas outras pessoas e logo deixará de sofrer. Isso porque, quando você pensa nas outras pessoas, estabelece uma ligação com elas e começa a se sentir mais feliz. Na verdade, muitos estudos já mostram que a melhor maneira de ser feliz é fazer com que outra pessoa seja feliz. A melhor maneira de ser bem-sucedido é fazer com que outra pessoa seja bem-sucedida.

Aceite as coisas que o destino lhe reservou e ame as pessoas que o destino pôs em seu caminho, mas faça isso de todo o coração.

—MARCO AURÉLIO

Parceria espiritual

Qualquer relacionamento que você tenha neste momento é exatamente o que você precisa neste momento. Há um significado oculto por trás de todos os acontecimentos que o faz evoluir.

—DEEPAK CHOPRA, *AS SETE LEIS ESPIRITUAIS DO SUCESSO*

Quando se comunica com o coração, você cria o poder autêntico, exercitando a coragem e a disciplina, ao experimentar conscientemente as emoções que o envolvem, inclusive as negativas. Quando, por exemplo, sentir-se inclinado a julgar alguém, observe dentro de si mesmo o que o leva a julgá-lo e substitua isso pela compreensão. Um parceiro espiritual pode ajudá-lo nessa autorreflexão.

LINDA FRANCIS

A parceria espiritual é um modo diferente de encarar os relacionamentos. É uma parceria entre iguais com o propósito de crescimento espiritual.

O parceiro espiritual é realmente um amigo que o apoia nos seus esforços para criar o poder autêntico. Não apenas qualquer tipo de amigo, mas alguém igual a você que o faz saber que ninguém no universo é mais importante que você e que ninguém no universo é menos importante que você. Você não se sente nem superior nem inferior a ninguém.

LINDA FRANCIS

Criar o poder autêntico é o mais importante para mim. Em outras palavras, tentar mudar a mim mesma e não tentar mudar as outras pessoas. Só quando encontro pessoas que também agem assim é que consigo criar uma parceria espiritual. Eu e meu parceiro Gary Zukav, por exemplo, criamos uma parceria espiritual. Se, por um lado, o meu crescimento espiritual é o mais importante para mim, por outro lado, apoio o crescimento espiritual do meu parceiro da mesma forma que ele apoia o meu.

GARY ZUKAV

Um parceiro espiritual pode me ajudar a tomar consciência de uma parte de minha personalidade até então desconhecida para mim, e por isso os parceiros espirituais são valiosos. Sempre sei, por exemplo, que receberei apoio de Linda se me aborrecer, ou me irritar, ou me enraivecer.

Às vezes, nos apaixonamos quando encontramos uma pessoa que parece perfeita. Mas depois percebemos que não é perfeita e conscientemente aprendemos a amá-la ainda mais.

> *Um sonho que você sonha sozinho é apenas um sonho. Um sonho que você sonha junto com alguém é uma realidade.*
>
> —YOKO ONO E JOHN LENNON

Podemos dividir o sistema emocional em dois únicos elementos: medo e amor. Cabe a você optar em cada situação pela energia do medo ou pela energia do amor. Mas o medo aqui em questão não é a emoção que o envolve quando você, por exemplo, se sente fisicamente ameaçado por um animal que começa a rosnar, ou quando você está na beira de um penhasco íngreme, ou quando alguém o intimida. Esse tipo de medo é funcional, um medo que o torna mais cauteloso, um medo que desaparece quando o perigo acaba. Já o medo oposto ao amor é um medo crônico: um medo contínuo e profundamente enraizado. Um medo que pode assumir muitas formas diferentes, como a raiva, a inveja, o ressentimento, o julgamento ou a crítica compulsiva dos outros, o ódio, a intolerância, o machismo, a impaciência e os sentimentos de superioridade e de inferioridade.

Quando você está alinhado com sua alma, sabe distinguir entre o medo e o amor e faz o amor prevalecer sobre o medo em todas as decisões do dia a dia.

MARCI SHIMOFF

No meu encontro com o Dalai Lama, fiquei muito impressionada com uma resposta em particular, que ele deu à seguinte pergunta que lhe fiz: "Como o senhor vê as pessoas?" Segundo ele, há duas maneiras de ver as pessoas. Posso ver os aspectos superficiais que diferenciam uns e outros ou posso ver um nível mais profundo, mais fundamental, que une a todos e torna a todos iguais, a comum e básica essência humana. Ele acrescentou: "Seja lá quem estiver à minha frente, já o conheço e o vejo sob o ponto de vista da essência que une a todos nós. Não importa se estou falando com o líder de um país ou com uma pessoa na rua. Olho o coração, e assim vejo o meu coração e o coração da outra pessoa. Nós somos todos iguais."

Nossa, não é que a vida parece diferente quando enxergamos essa humanidade comum entre nós?

Quando alguém o faz se sentir ansioso, procure ver que ele está simplesmente ativando uma parte ansiosa da sua personalidade, sem com isso tentar exercer poder sobre você. À medida que você aprimora essa consciência, o medo deixa de controlá-lo. E você passa a dizer a verdade com bondade, mesmo quando é difícil de ser ouvida.

Criando o amor

Como diz o professor de meditação Jack Kornfield: "Com a bondade como pano de fundo, tudo o que tentamos, tudo o que encontramos, abre-se e flui com mais facilidade. Com o poder da bondade... você se apazigua e se liga ao seu coração."

A energia do amor estende-se para os outros – para os filhos, os vizinhos e a comunidade, e até para as conexões que fazemos com pessoas desconhecidas pelo mundo afora.

MARIANNE WILLIAMSON

Meu pai sempre nos fazia anotar os grandes ensinamentos que nos passava. Isto parece uma frase da peça A morte do caixeiro-viajante: *"É preciso prestar atenção." A percepção amorosa é uma prática.*

Ser bondoso com os outros aprimora a saúde e o bem-estar. Estudos científicos sugerem que a prática da bondade incrementa a conexão social, reduz a dor e o estresse e intensifica as emoções positivas.

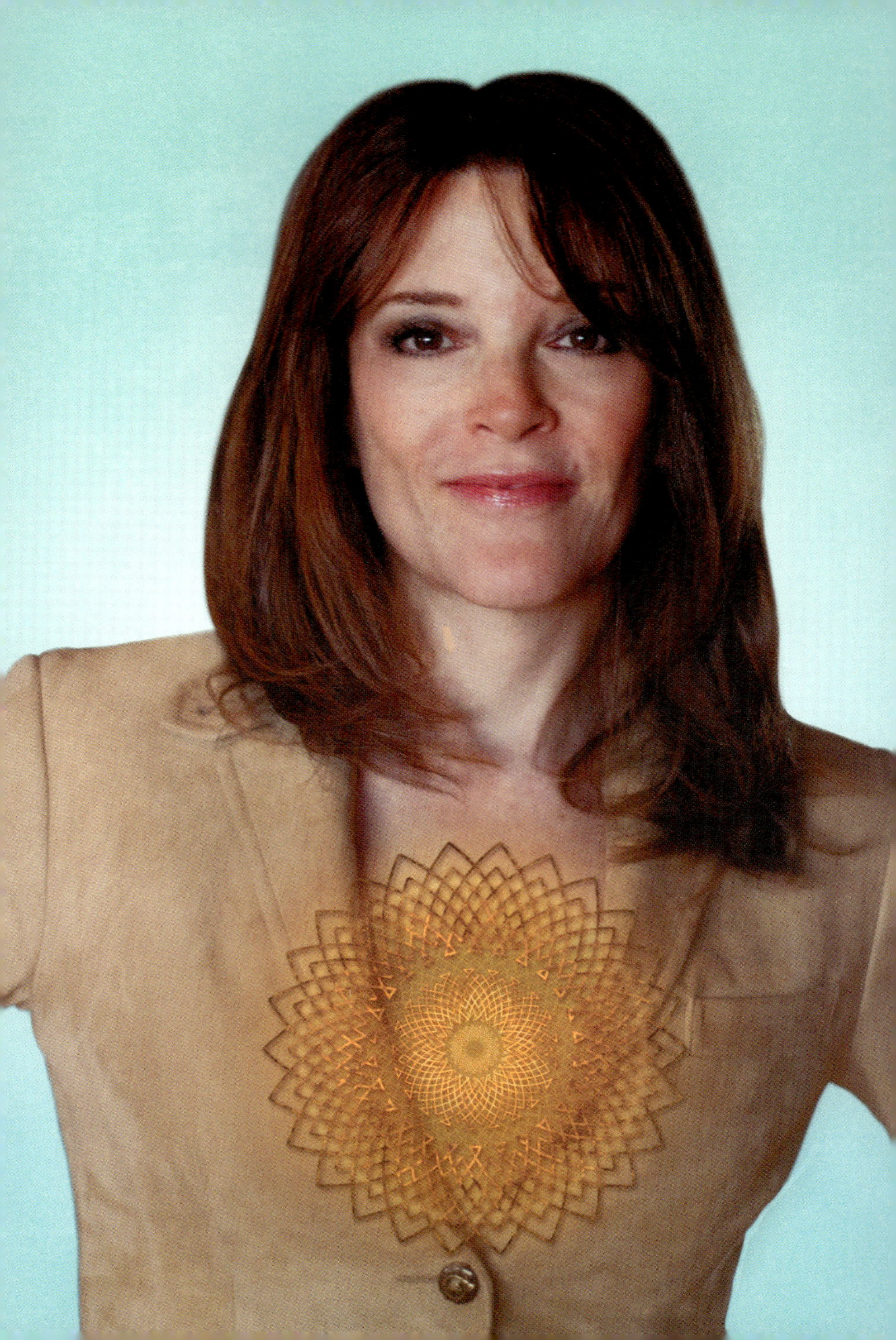

Também chamada de prática da compaixão, a bondade ajuda a ver as coisas do ponto de vista do outro. Isso amplia a energia do coração.

MARIANNE WILLIAMSON

Eis uma frase de Um curso em Milagres*: "O amor restaura a razão, e não o contrário." Então, em algumas circunstâncias, viver sem a força do coração parece ser a coisa racional a fazer, ou, de acordo com alguns preceitos, a coisa mais inteligente a fazer. Mas, no final, a única opção sustentável, a única opção de sobrevivência para a humanidade é começar a viver de coração, começar a viver com maior ênfase sob uma perspectiva centrada no amor.*

Não é mais fácil falar de amor, e até amar e encarnar o amor, com pessoas que agem da mesma forma que nós? E que dizem exatamente o que queremos que digam. Mas a vida nos desafia a amar de maneira cada vez mais ampla. Amar não apenas os filhos, mas também as crianças do outro lado da cidade e as crianças do outro lado do planeta. Uma compaixão que não vise apenas aos meus interesses e às pessoas com quem simpatizo com mais facilidade, mas também as pessoas que me desgostam e até mesmo as que me enganaram, insultaram ou coisa pior. O amor recomenda que se "alimente os filhos". Nós somos a única espécie avançada que destrói sistematicamente o próprio habitat. E o que o amor recomenda? "Restaure e salve a Terra."

Por meio do coração, exercitamos o grande poder do coração – o poder do amor.

CONTEMPLAÇÃO
Bondade ou prática da compaixão

A bondade incrementa a compaixão. Sente-se em silêncio e repita para si mesmo quatro frases que expressem bondade, compaixão e bons desejos para você e os outros. Você pode repetir as frases quando quiser – quando estiver caminhando ou praticando a respiração consciente, quando estiver preso no trânsito, quando acordar ou quando se deitar. Você pode escrevê-las e colocar a folha no quadro de mensagens, na geladeira ou no telefone. Você também pode dizê-las durante a prática de respiração, entre as inspirações ou as expirações, ou mesmo sem se concentrar na respiração; enfim, do jeito que for mais fácil para você. Comece expressando esse amor e bondade para si mesmo. Isso, além de abrir o coração, incrementa a energia do amor e o faz passá-la para outras pessoas.

Repita as frases abaixo para si mesmo:

Que eu esteja seguro, que eu seja feliz, que eu tenha saúde, que eu viva em paz.

Se você tiver dificuldade em se autovalorizar, apenas coloque a mão suavemente sobre o coração, enquanto respira e pensa ou diz essas frases para si mesmo.

Agora, envie o pensamento para uma pessoa que exerça uma influência positiva em você: *Que você esteja seguro, que você seja feliz, que você tenha saúde, que você viva em paz.*

Depois, envie o pensamento para uma pessoa por quem você não tenha sentimentos nem positivos nem negativos: *Que você esteja seguro, que você seja feliz, que você tenha saúde, que você viva em paz.*

Agora, envie o pensamento para uma pessoa que é problemática para você: *Que você esteja seguro, que você seja feliz, que você tenha saúde, que você viva em paz.*

Por fim, envie o pensamento para todos os seres do mundo: *Que vocês estejam seguros, que vocês sejam felizes, que vocês tenham saúde, que vocês vivam em paz.*

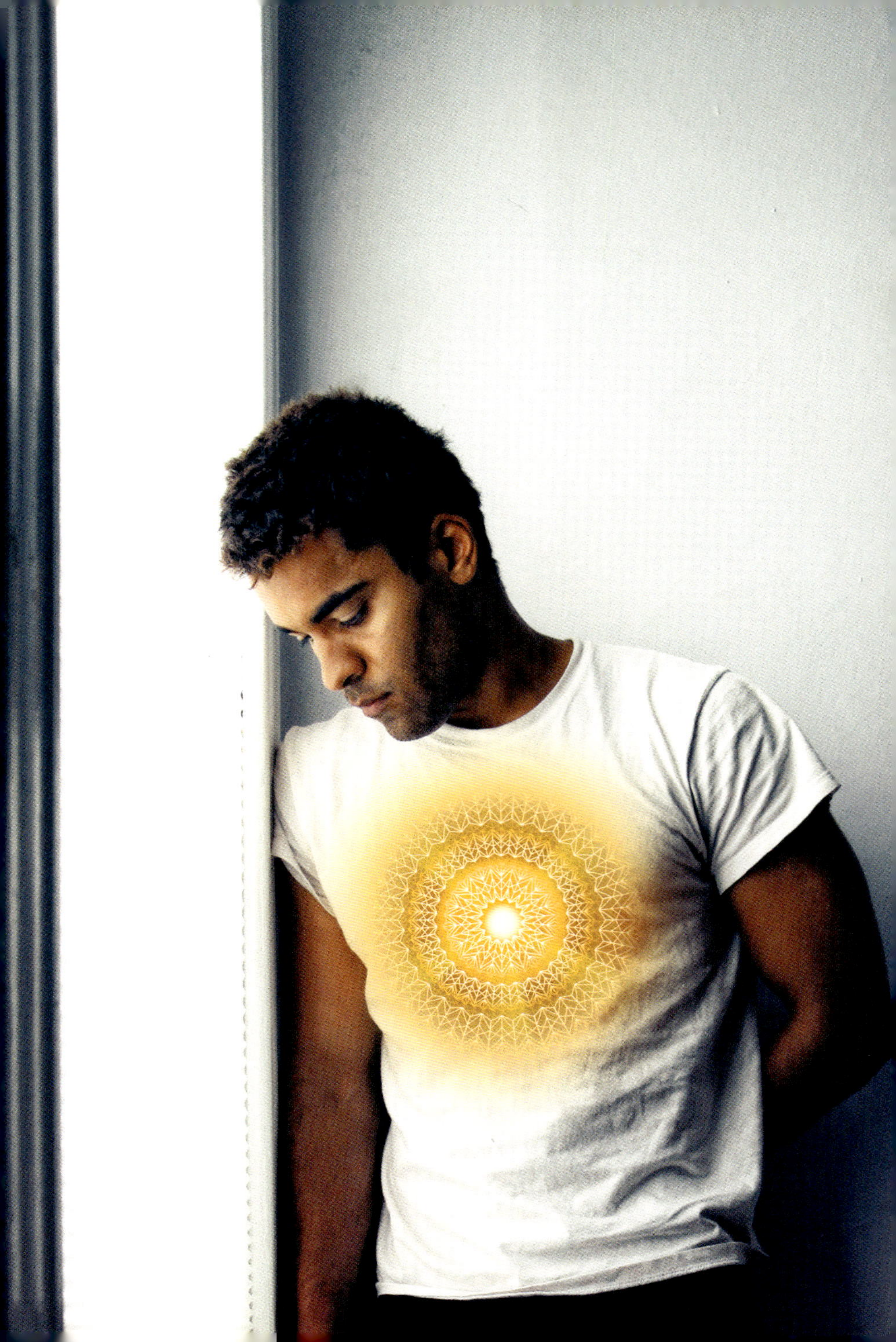

14. Resiliência, medo e reveses

Quando seu coração adquire força, você se torna capaz de remover as manchas dos outros, sem pensar mal deles.

—GANDHI

A simples presença de Maya Angelou irradia vitalidade, energia e carisma. Na condição de poeta renomada e ainda biógrafa, romancista, educadora, atriz, historiadora, cineasta e ativista dos direitos civis, Angelou escreve sobre a luta pela sobrevivência neste mundo complicado e dividido pelo racismo. Com inumeráveis realizações, ela é acima de tudo uma mulher com grande compaixão que sempre segue o coração, tanto na adversidade como na prosperidade, e exorta a todos que vivam de coração.

Tive o grande privilégio de entrevistá-la em sua casa. Angelou espontaneamente explicou que aceitara o meu pedido de entrevista sem pestanejar porque já estava na plenitude da vida e poderia incentivar outras pessoas a entender que é essencial viver movido pelo coração – independentemente de quem sejamos ou de onde viemos e de tudo que vivemos.

Se eu tivesse de descrevê-la com uma palavra, baseado no encontro que tivemos, a palavra escolhida seria "resiliência". Angelou discorreu sobre o racismo brutal que enfrentara na juventude e sobre os trágicos acontecimentos que vivenciara e testemunhara. Ajudou ao reformador e grande líder dos direitos civis Malcolm X a fundar a Organização da Unidade Afro-Americana, e também atuou junto ao reverendo Martin Luther King Jr., como coordenadora do Norte na Conferência da Liderança Cristã do Sul. Mas Angelou sentiu o seu mundo ruir após o assassinato de Malcolm X, seguido pelo de Luther King no dia 4 de abril – dia do aniversário dela.

Contudo, nem por isso ela se tornou amarga. Com o passar dos anos, transformou esses acontecimentos em sabedoria. Ela explica que nunca permite que a injustiça da vida a coloque na posição de vítima. Toda a dor que lhe é infligida aumenta ainda mais a resistência.

– Amargura é como um câncer – disse Angelou. – Isso o consome. Em vez de se afogar em mágoas, você deve tentar extrair alguma alegria dos reveses – ela acrescentou e depois cantou o refrão de uma bonita canção evangélica para enfatizar o que tinha dito.

Leve o seu fardo ao Senhor e deixe-o lá
Deixe-o lá, deixe-o lá
Leve o seu fardo ao Senhor e deixe-o lá.
Se você confia e nunca duvida, Ele certamente o libertará.
Leve o seu fardo ao Senhor e deixe-o lá.

A vida pode ser dura. O curso de uma vida apresenta muitos desafios. Contratempos são inevitáveis e existem forças que você não pode controlar: doença, colapso econômico, demissões, morte de entes queridos. Mas seu coração pode ajudá-lo a lidar com os infortúnios e colocá-lo em contato com a resiliência inata de sua alma.

MAYA ANGELOU

Todo dia, você trabalha com isso. Todo dia, você recorre ao coração; todo dia, você conversa comigo. Todo dia, você tenta fazer a coisa certa pelas pessoas certas, o tempo todo.

> *Faça todo o bem que puder. Por todos os meios que puder. De todas as maneiras que puder. Em todos os lugares que puder. Em todas as vezes que puder. Para todas as pessoas que puder. O máximo que puder.*
> —JOHN WESLEY

Mesmo quando você percebe que a vida nunca mais será a mesma, é possível aprender e crescer ao lidar com seus problemas. Os períodos difíceis podem torná-lo mais forte. Geralmente a experiência de ser severamente testado e jogado de volta aos recursos de que se dispõe no momento acaba desenvolvendo uma nova qualidade de vida.

> *Não importa quão difícil foi o passado, você sempre pode começar de novo.*
> —BUDA

É preciso coragem para confiar no sábio conselho do coração, até mesmo em meio a decepções e tristezas. Então, procure acreditar que um revés não é o fim do mundo e pode fazer surgir um rumo mais interessante para sua vida.

MAYA ANGELOU

O coração bate em sua porta e diz: "Abra a porta, estou aqui, e você precisa de mim." Isso porque você diz: "Oh, olhe só onde estou, estou no inferno. E nem fazia ideia disso." Mas o coração retruca: "Confie em mim, vou tirá-lo dessa situação.

MICHAEL BECKWITH

A vida é cheia de desafios. Mas geralmente os desafios e as dificuldades são o calor e o fogo que nos fazem descobrir dons, talentos e capacidades ainda não descobertos dentro de nós.

Quando a vida segue um rumo indesejável, você se afunda em cenários fatalistas e opressivos e só percebe limitações, e não oportunidades. De repente, os obstáculos parecem uma sentença de prisão perpétua e, após a perda de um emprego ou o fracasso de um relacionamento, você conclui que a vida já não vale a pena ser vivida. Mas, se você repelir os pensamentos sombrios e celebrar um diálogo com seu coração, será recompensado com a confiança de que poderá superar esse momento difícil.

PAULO COELHO

Quando você se sentir derrotado e em sofrimento, não finja que você é espiritualmente superior. Sente-se, chore e diga: "Oh, meu Deus, por que me abandonastes?" Você tem permissão para chorar, você tem permissão para ser derrotado, não tente evitar o sofrimento, isso apenas o engana. Mas dedique um tempo para sofrer, digamos uma semana, um mês, o que for. E sofra com toda a força. Entende? Diga: "Está bem, vou sofrer, vou chorar, não vou comer, vou comer muito, vou fazer isso, vou fazer aquilo, vou reclamar, vou até insultar a divina energia." Mas depois diga para si mesmo: "Tudo bem, isso faz parte da vida." Não desista, você vive essa situação com uma força que não sabia que tinha. Não seja covarde, evitando o sofrimento. Sofra! Isso não é errado.

Eu sofro muito. Já tive muita oposição. Ainda assim, quando supero isso, penso: "Isso não vai me paralisar, não farei o que eles querem que eu faça." Sinto-me mais forte e isso é bom para mim.

A fonte da sabedoria é tudo que está acontecendo conosco hoje. A fonte da sabedoria é tudo que está acontecendo conosco neste instante.

—PEMA CHÖDRÖN

HOWARD MARTIN

Quando fazemos o movimento de ir mais fundo em nós mesmos, encontramos a inteligência do coração. E quando fazemos isso, emergem perspectivas de esperança e segurança. Às vezes, até mesmo nosso diálogo interior se transforma. E nos ocorrem pensamentos como: "É uma terrível situação e não sei como vou passar por isso, mas já passei por situações assim e encontrei uma saída. Aposto que também encontrarei agora." Essa é a inteligência do coração falando com você.

O coração tem uma perspectiva de vida mais ampla e sempre nos mostra um jeito de lidar com o problema. A perda de um emprego pode ser um trampolim para um novo tipo de trabalho, onde você terá a oportunidade de aprender novas habilidades. Assim como você pode encontrar um novo jeito de amar depois de perder alguém que você ama. Fique ligado e ouça a orientação do seu coração.

PAULO COELHO

De repente, você enfrenta uma tragédia e diz: "Oh, meu Deus, qual é o sentido da vida?" E depois, em vez de se intimidar com a tragédia, você diz: "Vou mudar de vida. Vou fazer alguma coisa que seja importante para mim, e não o que me disseram para fazer."

Quando você encara um revés com a lente do coração, isso não muda a realidade, mas altera a percepção que você tem do revés. Você só consegue retomar sua vida quando tem a coragem de seguir seu coração e a confiança de que sua alma o levará ao seu destino.

MICHAEL BECKWITH

Quando nos conscientizamos de que os desafios são desdobramentos de nossa alma, e que fazem parte da vida em geral e de nossa vida em particular, bem como de uma busca espiritual, passamos a abordá-los de um modo diferente. Assumimos uma prática espiritual cujo foco é o crescimento, cujo foco é a revelação, cujo foco é nos tornarmos o que realmente somos.

Se você encarar as dificuldades como testes que fortalecem a alma, com o tempo se dará conta de que, embora os reveses sejam inevitáveis, inesperados e imerecidos, eles nos ajudam a crescer.

NEALE DONALD WALSCH

Agradeça até mesmo pelas coisas que você imagina que não eram boas para você, que você imagina que não desejava ou que não queria experimentar. Até mesmo em momentos como esses, os mestres agradecem: "Deus, obrigado pela vida, Deus, obrigado por essa experiência em particular, porque sei que por trás desse encontro físico irromperá uma dádiva extraordinária."

Os reveses são oportunidades únicas para explorarmos a capacidade de resiliência de nossa alma. Geralmente saímos disso menos vulneráveis e mais hábeis para lidar com novos reveses. E nos damos conta de que os vendavais que nos fustigavam pelo caminho eram uma chave para nossa jornada. A sobrevivência é mais importante. O amor é mais doce. E apreciamos muito mais um sucesso depois de um infortúnio.

> *A maior glória não consiste em jamais cair,*
> *e sim em se levantar a cada queda.*
> —CONFÚCIO

Se você quiser se libertar do desespero, da raiva e da autopiedade, mesmo quando a vida se tornar uma batalha, lembre-se das coisas pelas quais você pode agradecer. Às vezes, são coisas difíceis de enxergar, mas na verdade estão sempre presentes. A gratidão ajuda a transformar o peso e o sentido do revés e com isso o torna mais suportável.

RUEDIGER SCHACHE

Exprimir-se com apreço ou gratidão é enviar amor a Deus. Gratidão é abrir o coração e dar um grande, um grande sim para Deus, para o universo, para a sua alma ou para o que quer que seja em que você acredite. A gratidão é um dos instrumentos mais poderosos para abrir o coração.

Aconteça o que acontecer, tenha fé no plano superior, no apoio de algo maior, e saiba que você não está sozinho. Mesmo em tempos de adversidade, tenha em mente que você é mais que um corpo, você é uma alma conectada a outras almas.

GARY ZUKAV

Os cinco sentidos do ser humano apreendem a experiência como boa sorte ou má sorte, como positiva ou negativa, como a mais sortuda ou a mais azarada. Mas a percepção de um ser humano multissensorial é bem mais ampla. A percepção de um ser humano multissensorial apreende toda experiência como uma possibilidade para o crescimento espiritual. Qualquer experiência.

> *Quando alguma coisa dói na vida, nunca entendemos como um caminho a ser trilhado ou como uma fonte de sabedoria. Pelo contrário, pensamos que só estamos no tal caminho para nos livrarmos desse sentimento... E ingenuamente cultivamos um sutil autoflagelo. Este é o momento para abrir o coração, para ser gentil, exatamente nesse momento. O momento é agora... O único momemnto é agora.*
> —PEMA CHÖDRÖN, *WHEN THINGS FALL APART*

Ruediger Schache *(ao lado)*

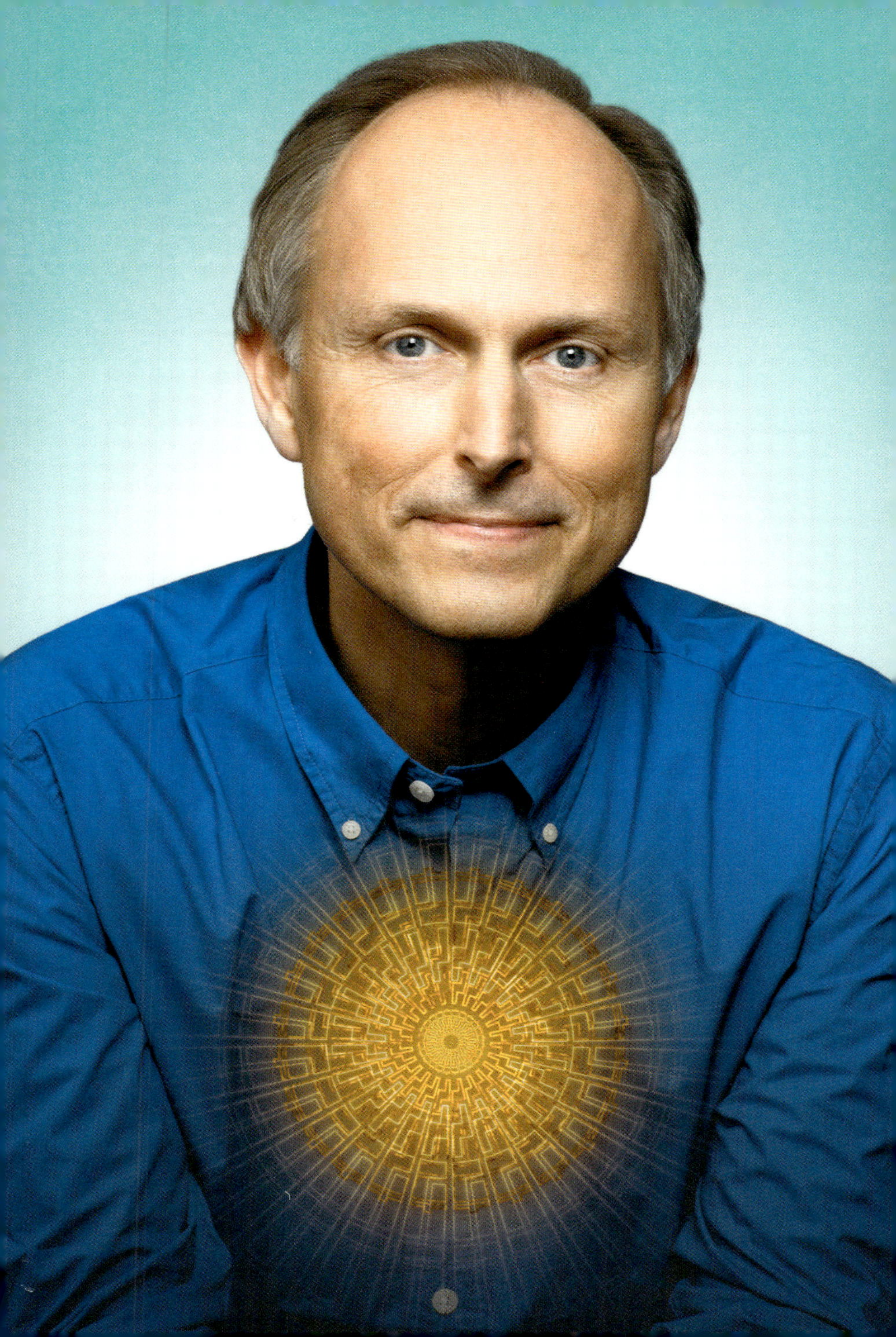

O coração o conduz em meio ao medo

Medo e amor se opõem, mas também se complementam. Tudo que não é amor é medo. O amor vem da alma, enquanto que o medo é um termo coletivo, que abrange as emoções negativas, incluindo a raiva, a irritação, a inveja, o ressentimento, o ódio, o machismo e os sentimentos de superioridade e inferioridade. O medo é tudo que o impede de se conectar com seu coração. Esse tipo de medo é totalmente distinto da sensação de ameaça física de quando se ouvem sons sinistros ou de quando se é intimidado por alguém.

PAULO COELHO

Claro que precisamos ter certos medos. Olhe antes de atravessar a rua, porque senão você pode ser atropelado por um carro. Esse é um medo positivo. Por outro lado, há medos como "estou intimidado de falar com essa senhora ou esse homem porque temo ser rejeitado". Esse é um medo estúpido. Então, escolha os medos e não se paralise com os ruins. De alguma forma, o medo está aí para nos testar.

Todo mundo sente medo. Claro que isso aborrece e quase ninguém se orgulha dos aspectos amedrontados de si mesmo. Mas os momentos de medo nos proporcionam oportunidades perfeitas para melhor nos compreendermos.

> *Se você tentar se livrar do medo e da raiva sem saber o que significam, eles retornarão mais fortes.*
> —DEEPAK CHOPRA, *O TERCEIRO JESUS*

Nada se dissipa antes de nos ensinar alguma coisa que precisamos saber.
—PEMA CHÖDRÖN

GARY ZUKAV

As partes de sua personalidade baseadas no medo não são seus obstáculos nem seus inimigos. São caminhos para seu crescimento espiritual.

Quando alguém erroneamente o acusa de alguma coisa, quando alguém imputa alguma coisa absolutamente infundada a você, isso o deixa enraivecido e sentindo-se injustiçado ou indignado. Ainda assim, você pode determinar o modo como vai lidar com sua raiva, se vai decidir alinhar seu ego com sua alma nesse momento. Sua raiva é apenas uma parte amedrontada de seu ego, e não de sua alma, uma parte que apreende como injusta a atitude daquele que a seu ver o acusa injustamente. Quanto mais você se deixar comandar pelo medo do seu ego, mais a raiva o comandará.

RUEDIGER SCHACHE

O que acontece lá fora apenas aperta um botão no seu sistema e ativa, por exemplo, o medo ou a raiva. E depois você só consegue se concentrar no seu próprio mundo, na raiva ou no medo.

MICHAEL BECKWITH

Quando decidimos desafiar o medo, na realidade incidimos a luz da consciência em nossos recantos interiores que estão com medo.

Antes de se conectar com seu coração para transformar a raiva em amor, enfrente a raiva e a reconheça como um impulso oriundo da parte amedrontada de seu ego. Lembre-se de que tanto você como a pessoa na qual você projeta seu medo, além de serem egos, também são almas semelhantes.

PAULO COELHO

É uma batalha interna na qual você precisa confiar na sua intuição e no seu coração.

Se você confia no seu coração, você deixa de traduzir sua raiva em palavras ou ações abusivas. Se você conscientemente decide transformar a raiva em amor, você orienta seu próprio curso e impede que as emoções negativas assumam o leme. Pense nos seus medos como presentes recorrentes que o fazem crescer.

ISABEL ALLENDE

É muito difícil se lembrar de amar quando estamos com medo. O medo é uma das emoções mais fortes no mundo.

Ao sentir emoções negativas, pode ser desafiador lembrar-se que tanto você como seu algoz são belas almas conectadas em um nível superior de consciência, e que a raiva é apenas um impulso oriundo de uma parte amedrontada do seu ego.

De que forma você realmente faz isso?

LINDA FRANCIS

Sempre abro o coração, mesmo quando estou com o coração machucado. Respiro de coração. Abro o coração e lembro-me de tudo pelo qual agradeço, como os meus netos e os momentos em que estou na montanha ou à beira de um riacho. Apenas abro-me para o amor que já senti em minha vida. Só depois consigo mudar a velha perspectiva da parte assustada do meu ego.

RUEDIGER SCHACHE

Só depois que for capaz de encontrar aspectos ruins e bons em cada situação da vida é que você será capaz de romper os medos e seguir a orientação do seu coração. Concentre-se nos aspectos positivos. Este é o caminho.

GARY ZUKAV

Não deixe que os sentimentos de dor e os juízos de censura determinem o que você faz ou diz. Este é o ponto. Não deixe que tais sentimentos e juízos controlem suas ações e suas palavras, mesmo quando os estiver enfrentando. Quanto mais você não permitir que isso aconteça, mais essas partes do seu ego perderão o poder sobre você. Os sentimentos e juízos ainda surgem, você continua a senti-los, ainda dói, mas você não é mais controlado por eles.

As emoções negativas continuarão surgindo em seu caminho, mesmo que você já esteja conectado com seu coração.

Se optar por não expressá-las, você não será mais governado por elas, mas é necessário conscientizar-se delas e examiná-las. Você pode fazer essa escolha. Abra-se para os pensamentos de amor. É apenas o seu medo que interpreta as atitudes dos outros como, digamos, acusações.

Norteie seus atos pelo poder autêntico. Na verdade, as outras pessoas, julgadas pelas partes temerosas do seu ego como aquelas que instigam as emoções negativas, não têm nada a ver com seu medo.

> *Quando estamos em meio à confusão... ou nos tornamos infelizes ou nos tornamos fortes.*
> —PEMA CHÖDRÖN

As emoções negativas só deixam de controlá-lo quando você abre o coração e as rejeita, quando você ama de verdade e seu coração é compassivo com os outros. Quando seu ego está inteiramente alinhado com sua alma, você escuta a voz do coração, mesmo quando uma emoção negativa ameaça engoli-lo.

PAULO COELHO

Não há nada de errado com o medo. Errado é ser paralisado pelo medo. Acho que nos perdemos quando nos deixamos paralisar pelo medo.

Quando uma emoção negativa o envolve, você sempre tem a opção de transformá-la em amor.

Justamente pelo fato de que a intenção subjacente à emoção e ao comportamento negativo origina-se do medo do seu ego, a energia desse comportamento retorna para você. Afinal, intenção é energia. E a energia que você emite sempre retorna. Essa é a lei de ação e reação, de causa e efeito. Assim, se você projeta abuso verbal e raiva para o ambiente, isso retorna para você. Só quebramos o círculo vicioso das emoções negativas quando escolhemos o amor, e não o medo.

> *O que fazemos acumula; o futuro resulta do que fazemos agora.*
> —PEMA CHÖDRÖN

A energia amorosa da alma inspira o ego e o capacita a se satisfazer em dar e receber amor.

> *A resiliência também é possível para você. Quaisquer que sejam as circunstâncias, com dignidade, atenção constante e bondade, transformamos a vida num caminho de compreensão e amor. O mundo nunca precisou tanto de sabedoria e amor como agora. Se todos praticarmos isso, as sementes da bondade serão espalhadas pelas famílias, pelas comunidades, pela Terra. Dessa maneira, compartilharemos a verdadeira peregrinação do espírito onde quer que estejamos.*
> —JACK KORNFIELD

CONTEMPLAÇÃO
Viver sem medo

Os momentos de medo proporcionam uma oportunidade perfeita para abrir o coração e criar o poder autêntico. Geralmente o medo está na imaginação e sustenta-se nas partes inseguras do ego. Confie no coração, enfrente o medo e o reconheça como um impulso oriundo de uma parte amedrontada de seu ego, e não de seu coração e de sua alma. Opte por transformar o medo em amor. Nesta contemplação, combinamos algumas abordagens do medo e da mudança de atitude ensinadas pela mestra Rhonda Britten e a professora de meditação Pema Chödrön.

Transforme as emoções em perguntas que aprofundem sua compreensão de si mesmo. Sente-se em silêncio e lembre-se de uma situação na qual você sente medo ou raiva. Pense no que você espera que aconteça – no que espera que tenha de fazer e no que espera que as outras pessoas façam. Você acha que age de um certo modo porque sente que deve agir assim? Isso o deixa defensivo ou com raiva?

Conscientize-se de como você reage à medida que o medo cresce. Pare com isso. Não diga o que dizia antes. Não faça o que fazia antes. Faça algo novo. Faça qualquer coisa, menos o que fazia antes.

Encare o medo como provisório. Observe a emoção ou o medo, veja o que realmente é, e permita que se dissipe ou se reduza. Mesmo que seja difícil não fazer nada, talvez seja melhor sentar-se, respirar e não fazer nada. Para transformar as expectativas em intenções positivas, respire de modo consciente e conecte-se com seu coração. Transforme as expectativas negativas em intenções positivas. Imagine-se agindo com o coração e propagando compaixão e amor para os outros.

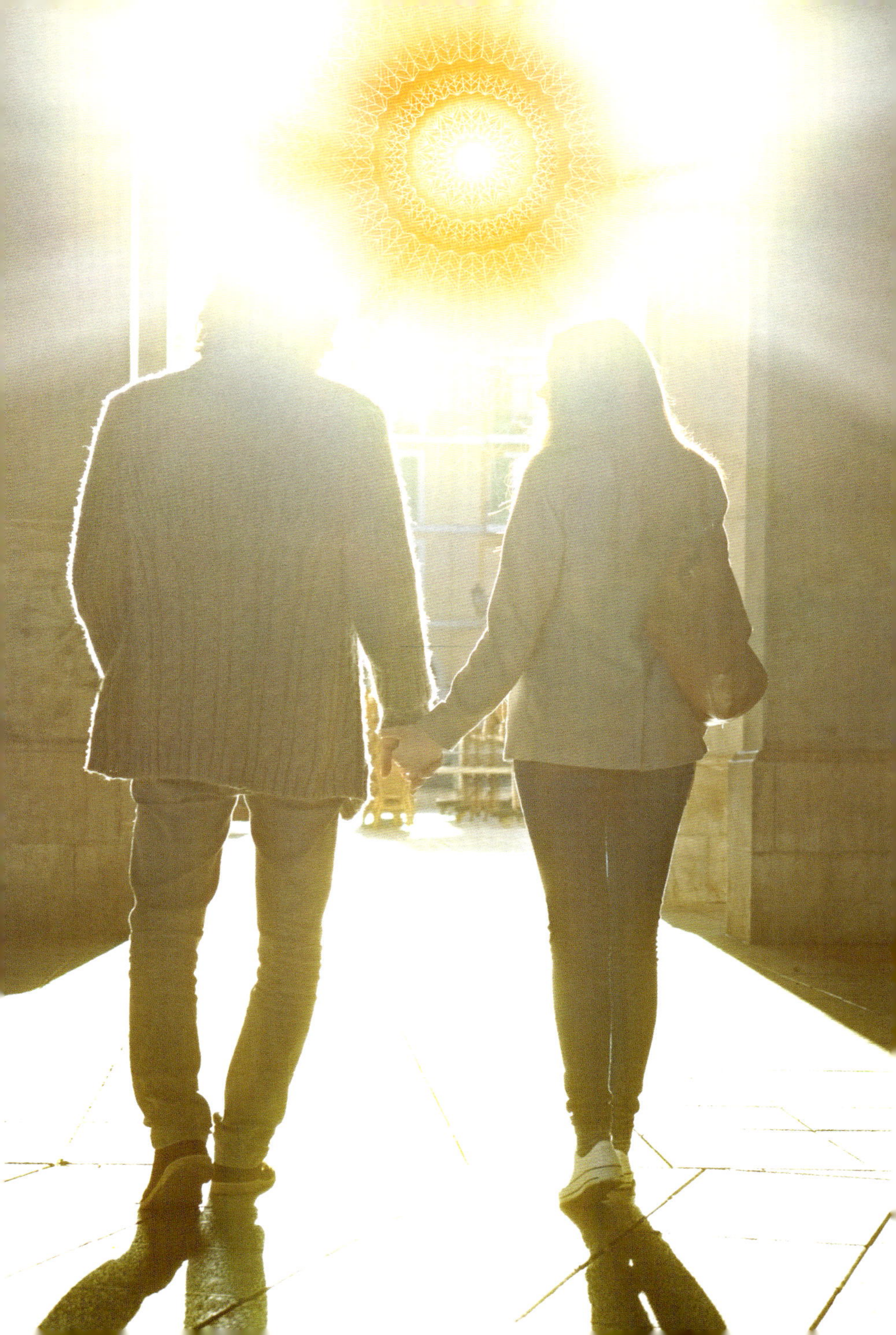

15. Perdão

O fraco nunca perdoa. O perdão é um atributo dos fortes.

—GANDHI

Durante a entrevista na casa de Isabel Allende, la casa de los espiritus, em San Rafael, Marin County, nos arredores de São Francisco, ela me disse que também tinha sido criada pelos avós, como eu. Sua avó era espiritualista e comunicava-se com as almas dos falecidos. Foi sua avó que a fez perceber que neste nosso mundo mágico existe muito mais do que aquilo que percebemos com os cinco sentidos.

Nosso encontro ocorreu no estúdio onde ela mantém a máquina de escrever e onde deu vida a muitos dos seus maravilhosos livros. Isabel fala com paixão, com um impacto em cada palavra.

Quando mencionei a importância do perdão, ela silenciou por algum tempo. Claro que o assunto lhe tocou fundo no coração. Ela falou sobre a morte de sua filha, Paula, em 1992, devido à negligência médica de um hospital em Madri. Paula contraíra porfiria, uma doença hereditária que não a impediria de viver até a velhice. Mas com um tratamento inadequado Paula entrou em coma, e os médicos a colocaram no respirador artificial. Depois que o hospital retirou-a do respirador, Isabel levou-a para casa e cuidou da filha durante um ano, orando esperançosa e rogando para que saísse do coma.

Quando a morte de Paula mostrou-se iminente, algumas horas antes, Isabel, a mãe e a sogra a lavaram com uma esponja, e depois a vestiram com esmero e pentearam-lhe o cabelo. Isabel colocou talismãs no peito de Paula: uma flor laranja que sua avó usara no casamento, um espelho de prata, fotos de sua sobrinha e seu sobrinho e uma colher de chá de prata. Isabel encarou a morte como uma libertação para Paula, mas nem por isso deixou de sentir profunda tristeza e dor. Mais tarde, ela escreveu: "Silêncio antes de nascer, silêncio após a morte."

Após a morte de Paula, Isabel "vivenciou por necessidade o que significa perdoar". Embora com raiva, perdoou os médicos para poder seguir em frente. Reconheceu que eles eram responsáveis pela morte de Paula, mas que não tinham tido a intenção de prejudicá-la.

ISABEL ALLENDE

Passei pela experiência de perder uma filha porque houve imperícia e negligência em um hospital. Poderia carregar o fardo da raiva e do ressentimento pelo resto da vida. Eu poderia culpar e processar o hospital, mas optei por escrever um livro. Neste livro, fiz uma espécie de limpeza na coisa toda. Entendi o que havia acontecido e percebi que não tinha havido má intenção. Houve ignorância, negligência, mas não o propósito de prejudicar minha filha. Perdoei e pude viver durante 19 anos com o espírito de minha filha feliz. Eu não carrego esse fardo comigo.

Perdoar não significa entender, defender ou aprovar o comportamento de outra pessoa, e muito menos suprimir artificialmente os sentimentos causados por esse comportamento. Perdoar tampouco significa apagar da memória o comportamento da outra pessoa, fingindo que a dor, a humilhação e o dano jamais aconteceram. Perdoar simplesmente significa reabrir a porta para o coração e preparar-se para deixar de lado a esperança de um passado diferente e sem injustiças de uma vez por todas.

MARCI SHIMOFF

Perdoar não significa tolerar a conduta de outra pessoa. Este ponto é muito importante. Perdoar significa apenas libertar-se dos blocos de energia e dos ressentimentos que carregamos.

HOWARD MARTIN

Perdoar é uma das coisas mais poderosas que podemos fazer. Isso é difícil, perdoar é das coisas mais difíceis de se fazer, especialmente quando estamos certos de que fomos injustiçados.

O ressentimento, além de afetar seu relacionamento com a pessoa que você poderia perdoar, também afeta outras pessoas, amigos em comum e os parentes. Você corre o risco de se distanciar do seu coração. O rancor bloqueia o livre fluxo de amor e sabedoria no coração. Conecte-se com sua própria e inesgotável fonte de amor e você poderá perdoar e desmantelar os bloqueios, e assim viver livremente no amor e na compaixão.

ISABEL ALLENDE

É perdoando que nos livramos do fardo que carregamos.

Perdoar não significa apenas aceitar a injustiça que você sofreu, mas também aceitar que simplesmente o relógio não pode voltar para trás. Embora você não se esqueça da atitude da outra pessoa, o desejo de que as coisas poderiam ter sido diferentes abre caminho para uma esperança em relação ao futuro e com isso você deixa de ser um prisioneiro do passado. Perdoar não é olhar para trás, e sim olhar para frente. Trata-se de perceber que há uma razão para que um para-brisa seja bem maior que um espelho retrovisor.

Em outras palavras: perdoar tem a ver com abandonar a noção de que você precisa cultivar um rancor contra alguém ao longo da vida. Se você agir assim, nunca mais poderá ser realmente feliz. Por isso, o perdão é tão importante. Mas o perdão também exige uma mudança fundamental na forma de ver a pessoa a quem você poderá perdoar. Em vez de vê-la como alguém que o vitimou, veja-a como alguém que poderá ajudá-lo a chegar mais perto do seu coração.

HOWARD MARTIN

Quando não perdoamos, julgamos, renunciamos e fazemos coisas que simplesmente não nos beneficiam. Coisas que apenas nos ferem e nos levam para baixo. Coisas que nos debilitam e que nos roubam a qualidade de vida e até a saúde.

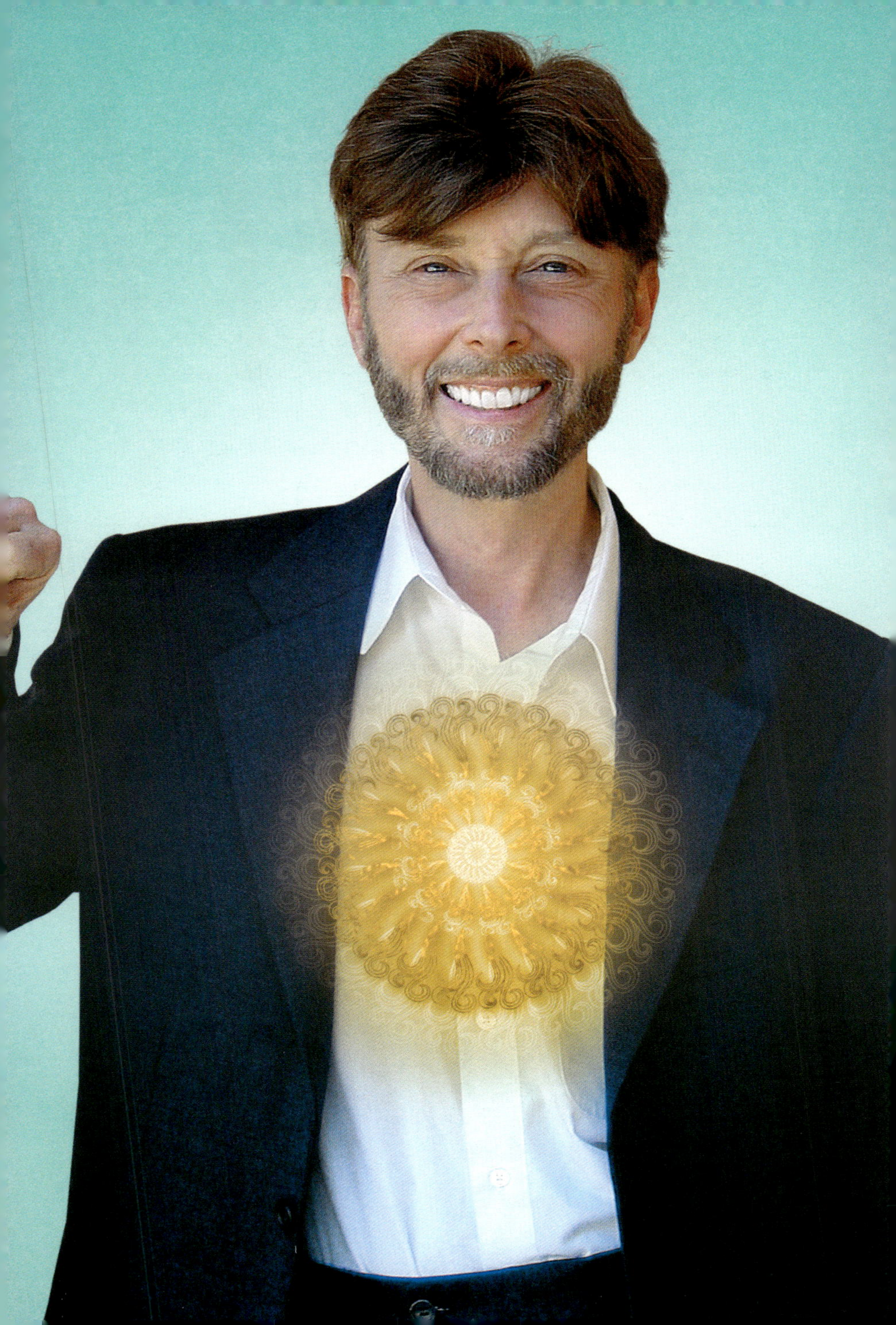

Quando você não perdoa, você se martiriza sob o jugo do rancor. O rancor o golpeia com mais força que a memória do irreversível acontecimento passado. O ressentimento é como uma taça de veneno que você derrama garganta abaixo na esperança de matar outra pessoa. Mas o outro permanece incólume, e você destrói a si mesmo.

Em diferentes momentos da vida, todos somos profundamente feridos, excluídos, traídos ou injustiçados. E mesmo quando nos pedem diretamente o perdão, geralmente nos é muito difícil perdoar.

MARIANNE WILLIAMSON

O perdão é um ato de interesse próprio. Você pensa: "Não quero ficar preso nisso; quero seguir em frente sem esse peso do passado em cima de mim. Perdoo por mim mesmo."

MICHAEL BECKWITH

O perdão é essencial para o desenvolvimento e o crescimento espiritual.

O perdão é antes de tudo um ato de libertação. Você se liberta do rancor que o corrói por dentro, se liberta da amargura gerada pela conduta da outra pessoa.

ISABEL ALLENDE

O perdão é algo muito pessoal e emerge de um lugar de amor, de um lugar onde você está em paz consigo mesmo. Ocorre de maneira tão íntima, tão profunda que você não pode forçá-lo. Não se pode argumentar com o perdão, isso está no coração. Quando você se reconcilia com seu próprio coração, você perdoa tudo.

MAYA ANGELOU

O perdão é tudo. Quando penso no perdão, me sinto impelida a chorar de gratidão por isso existir.

O perdão é um gesto mais para si mesmo que para a outra pessoa. É para seu bem-estar espiritual e sua saúde física. É um processo que desbloqueia todas as estradas para o coração e faz o amor e a sabedoria fluírem novamente.

Você não precisa voltar a se relacionar com a pessoa a quem perdoou. Aliás, essa pessoa nem precisa saber que você a perdoou, se é que já não pode mais saber por ter falecido. Nunca é tarde demais para perdoar alguém do fundo do coração.

MARCI SHIMOFF

Uma das histórias mais inspiradoras de perdão é sobre um monge budista tibetano aprisionado pelo governo chinês durante 20 anos. Ao longo desse tempo, muitas vezes os guardas o maltratavam e o espancavam. Quando o liber-

taram, o monge seguiu para a América, foi entrevistado pelo Dalai Lama, que lhe perguntou: "Em que momento você sentiu que estava em maior perigo?" O monge respondeu: "No momento em que pensei que perderia a capacidade de perdoar e de sentir compaixão pelos que me aprisionavam."

Para Shimoff, Nelson Mandela, além de ser um grande homem, também é um arquétipo humano do perdão. Antes de ser eleito como primeiro presidente negro da África do Sul, em 1994, Mandela passou mais de 27 anos como prisioneiro político do governo pró-apartheid branco, a maior parte em Robben Island, um lugar infernal, onde os prisioneiros eram espancados e sofriam outros abusos. A correspondência era limitada e censurada, de modo que ele quase não mantinha contato com a família. Mas, como ele não podia e não queria viver sem amor, optou por perdoar e amar os que o aprisionavam. Conversava, ensinava história e um dia ensinou para um dos guardas que quanto mais você dá, mais você recebe.

Justamente porque eram perdoados, os guardas não conseguiam maltratá-lo, e por isso a direção da prisão os substituía regularmente. Mandela perdera a liberdade, mas optara por viver livre do ressentimento e da raiva. Já como presidente, continuou em contato com diversos guardas.

A maioria de nós jamais passará por uma experiência brutal como essa, mas seríamos capazes de sentir compaixão e perdoar as pequenas ofensas, traições e desilusões que se repetem na vida?

MAYA ANGELOU

Quando estiver presente, esteja totalmente presente. Imprima todo o seu bem nisso. E depois talvez compreenda o poder do perdão.

Só depois de perdoar alguém é que você será capaz de deixar que o fardo pesado dos ressentimentos escorregue pelos ombros, e de libertar o amor que está trancado dentro de você. Você soltará um suspiro de alívio de tanta leveza que sentirá.

MICHAEL BECKWITH

Além de liberar as toxinas de sua alma, você também se descobrirá como um ser pleno de luz que até então sequer imaginava ser. Não há palavras para isso. O perdão é apenas uma forma poderosa de estar no mundo.

Você se relaciona com alguém cuja conduta algumas vezes o mantém refém? Alguém que o impede de conversar com seu coração? Não será esse o momento perfeito para se libertar da raiva e do ressentimento?

Talvez as sugestões a seguir sejam úteis para você:

- Cabe a você perdoar. Você pode optar por não reviver a dor e tocar a vida em frente. Ninguém mais pode escolher por você e, no final, ninguém mais, senão você, poderá se beneficiar com a escolha.

- Esteja consciente do impacto que a raiva e o ressentimento causam em sua vida. Tenha em mente que esse impacto será sempre maior que a experiência de um passado irreversível.
- Ao perdoar, você se permite ser feliz novamente e seguir em frente com sua vida. Cultive o amor e a compaixão pelos outros no seu coração.
- Tente ver a situação do ponto de vista da outra pessoa, por mais difícil que isso seja. Embora você não perdoe seu comportamento, ela também é uma alma na Terra como você.
- Dê um tempo para o perdão. Talvez não seja preciso perdoar neste momento. Mas amanhã é outro dia. Nunca é tarde demais para perdoar.
- Não se agarre ao passado. Mude o foco para o momento presente.

CONTEMPLAÇÃO

Fazer o certo

Esta antiga prática de perdão é um caminho para a paz. Pode ser utilizada para resolver problemas e conflitos internos ou para superar a raiva por pessoas que o magoaram.

Escreva ou diga as quatro frases seguintes: "Sinto muito. Por favor, me perdoe. Obrigado. Amo você."

Você pode dizer as frases para si mesmo. Pode dizê-las na intenção de alguém de quem está separado e pode dizê-las na intenção de alguém que faleceu.

Sente-se com as quatro frases no coração. Sinta os desejos que as frases expressam pela pessoa a quem você precisa perdoar. "Por favor, me perdoe. Sinto muito. Obrigado. Amo você."

Fique sentado cinco ou dez minutos por dia, enviando esses desejos para uma pessoa ou uma situação. Depois de alguns dias, ou de uma ou duas semanas, você sentirá uma mudança nas emoções internas, uma leveza de emoções antes pesadas e uma elevação de espírito.

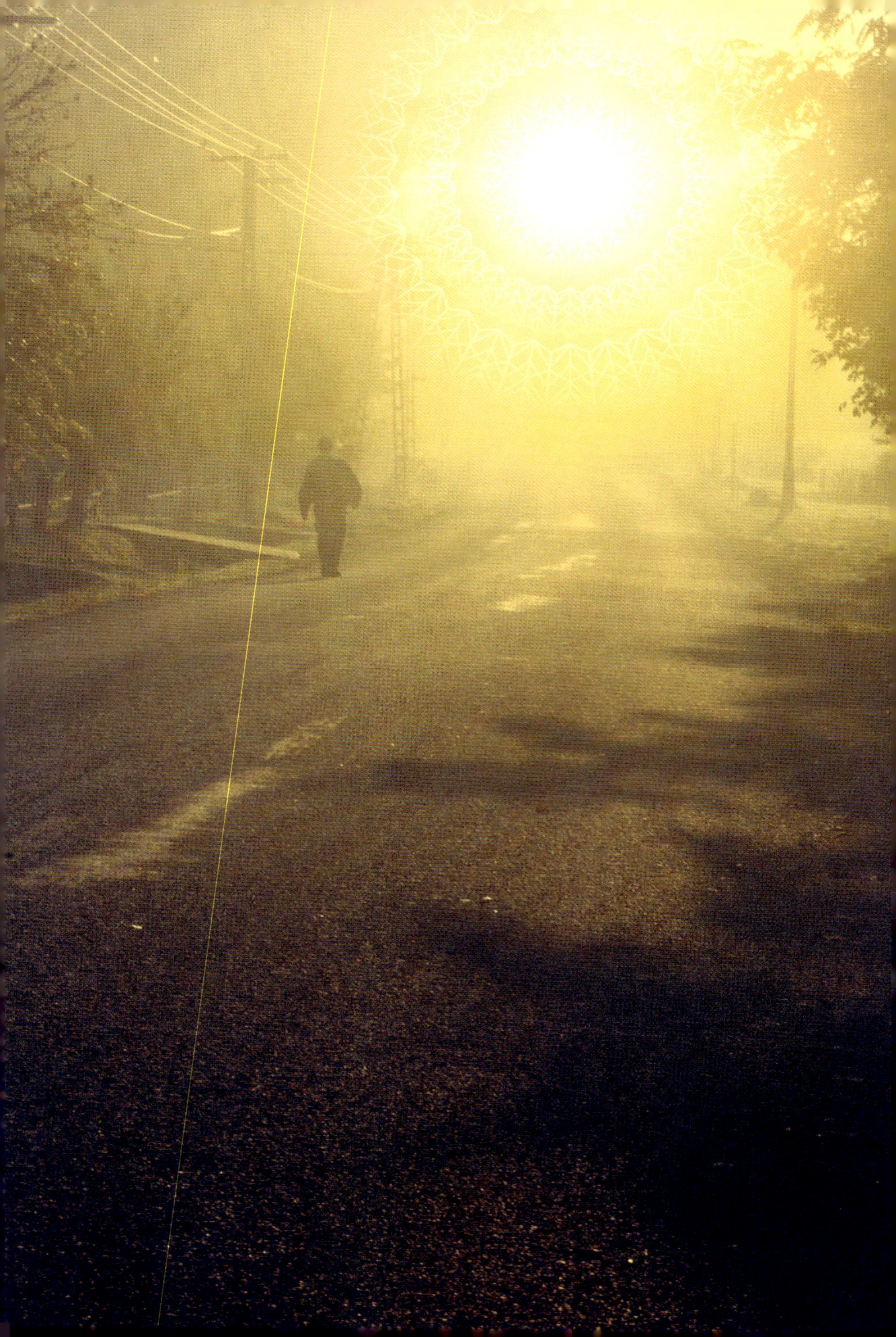

16. Uma civilização com coração

Esta é minha religião singela. Não há necessidade de templos; não há necessidade de filosofia complicada. Nosso próprio cérebro, nosso próprio coração é nosso templo; filosofia é bondade.

—DALAI LAMA

O coração é a porta de entrada para um nível superior de consciência, amor e sabedoria. Quando você segue o coração, o mundo gira em torno de dar, e não de receber, e você contribui para uma civilização positiva.

Cada ato conta. Cada pensamento e cada emoção também contam. Esse é todo o caminho que temos.

—PEMA CHÖDRÖN

Na entrevista com Eckhart Tolle, perguntei se a transformação causada pelo despertar do coração ultrapassava a experiência individual. Ele respondeu: "Aquele que está conectado com seu coração também está conectado com sua verdadeira natureza. E aquele que está conectado com sua verdadeira natureza também está conectado com a verdadeira natureza de todas as coisas vivas. Essa consciência, interligada ao poder do coração, produz uma nova realidade. Nada nos liberta senão nós mesmos."

De fato, quando nos recriamos e refletimos sobre os valores de nossa alma, essa mudança interior produz uma mudança exterior, essa paz interior produz uma paz exterior.

Fez-se um longo silêncio, durante o qual meditei sobre as palavras de Tolle. O círculo estava completo para mim. Tolle era o último mestre a quem tinha o privilégio de entrevistar para o filme e o livro. E nesse encontro percebi como nunca antes que o prazer e a alegria são a essência do poder do coração, e que apenas o poder do coração pode engendrar um mundo novo.

> *Eu sou apenas um, mas ainda assim sou um. Não posso fazer tudo, mas ainda assim posso fazer alguma coisa. E não vou me recusar a fazer alguma coisa que possa fazer.*
>
> —HELEN KELLER

> *O Antigo e o Novo Testamento fazem menção a um novo céu e uma nova Terra. Nesse contexto, o céu não é meramente um lugar, mas sim o reino interior da consciência. O coração, digamos. A Terra é a manifestação na forma, que por sua vez é o reflexo do eu interior. Para mim, um novo céu é a emergência de um despertar da consciência humana, e uma nova Terra é um reflexo disso no mundo material.*
>
> —ECKHART TOLLE, *UM NOVO MUNDO: O DESPERTAR DE UMA NOVA CONSCIÊNCIA*

PAULO COELHO

O filósofo e jesuíta francês Teilhard de Chardin tinha ideias muito estranhas para a Igreja de 100 anos atrás, e por isso o mandaram para a China. Ele desenvolveu a ideia muito interessante de que uma energia de amor circunda o planeta. Segundo ele, o dia em que você for capaz de controlar ou de usar essa força de amor como faz com o vento, como faz com a força da água, como faz com a força do sol, no momento em que você for capaz de controlar e usar essa energia, nós mudaremos o mundo.

> *No final, as nações serão julgadas pelo tamanho de seu coração, e não pelo tamanho de seus exércitos.*
> —ANTHONY DOUGLAS WILLIAMS

ISABEL ALLENDE

Martin Luther King Jr. dizia que o problema de nossa civilização é que nos esquecemos do coração. Discriminamos o poder do amor e vivemos uma cultura de ganância, poder, violência, posse e consumo neste planeta com limitações. Isso é uma forma insustentável de pensar e viver.

Há uma crescente consciência coletiva de que o futuro está dentro do coração humano e de que tudo irá melhorar, tanto individual como coletivamente, se conseguirmos nos interligar novamente ao coração.

JOE DISPENZA

A mente e a matéria estão interligadas. Um de nossos maiores desafios como seres humanos é o de realmente estendermos uma ponte entre o mundo objetivo que acontece fora de nós e o mundo subjetivo que acontece dentro de nós. Segundo a física quântica, o meio ambiente é uma extensão da mente humana. Então, quando realmente transformamos nossa mente, isso se evidencia em nossa vida. Se quisermos criar uma nova realidade ou um novo destino, teremos de ter uma visão clara do que queremos para o futuro – chamamos isso de intenção. Quando encontramos pessoas afins que estão centradas no coração e compartilhamos uma mesma energia, essa união ocorre em um campo de inteligência, um campo quântico para além do espaço e do tempo.

Da mesma forma que os íons se unem eletromagneticamente, os seres que desenvolvem uma consciência do coração também se unem. Uma força invisível une os íons e os mantêm juntos. Consciência do coração nos agrupará e nos permitirá viver em um mundo totalmente diferente agora e no futuro.

JOE DISPENZA

Só quando nos movemos para o nível da coerência do coração, quer estejamos em meditação, na natureza ou no poder autêntico, é que conseguimos vivenciar a alegria e amor que brotam de dentro de nós. Só quando nos deslocamos para esse lugar, onde nos sentimos completos, é que estamos realmente no reino onde podemos ter tudo e não queremos nada. Só nesse momen-

to os milagres começam a acontecer ao redor. E a organização do universo começa a se mostrar de maneiras novas e incomuns.

Cada um de nós precisa ajudar a criar essa mudança, essa nova Terra, esse novo universo.

DEEPAK CHOPRA

Quando você observar os grandes problemas enfrentados atualmente pela humanidade – seja injustiça social, pobreza extrema, disparidade econômica, guerra, terrorismo ou caos climático –, lembre-se de que tudo isso acontece porque perdemos a conexão com nossa alma e perdemos a conexão com nosso coração.

JANE GOODALL

Se não conseguirmos equilibrar a inteligência do cérebro com o amor e a compaixão – o que nos tornaria realmente humanos –, o futuro será muito sombrio.

Muita gente em diversos setores da sociedade compartilha preocupações como essa, mas chegamos a um ponto de virada onde são necessárias intenções claras para criar uma sociedade a partir do coração.

JOE DISPENZA

Você precisa se apaixonar por esse futuro possível para realmente sentir o que é viver nessa realidade. Quando nos permitimos sentir esse sincero estado de gratidão e alegria, induzimos o corpo e a mente a viver como se já estivéssemos nessa realidade futura.

MARIANNE WILLIAMSON

No fim das contas, a única opção sustentável, a única opção de sobrevivência para o gênero humano é começar a viver sob a orientação do coração, é começar a viver com maior ênfase sob a perspectiva do amor.

GARY ZUKAV

Estamos em meio a uma transformação gigantesca e sem precedentes. Uma transformação que nas próximas gerações caberá a todos na Terra. É o despertar de uma nova consciência humana. É a expansão da percepção humana para além dos cinco sentidos, cujo significado, propósito, compaixão e sabedoria são reais, mas não físicos.

Cada vez mais as pessoas percebem que o coração é realmente uma porta de entrada para uma dimensão mais elevada, e que estamos interligados e recebendo oportunidades de ouro dessa nova ordem consciente do coração.

PAULO COELHO

O coração abre uma grande janela de oportunidades.

MICHAEL BECKWITH

Se você tocar no seu coração, você vai topar com um paradigma emergente. Sua experiência pessoal estará onde você estiver prestando atenção. Este é um momento muito poderoso.

Em todo o mundo, essa nova visão da humanidade torna-se uma forma mais natural, mais autêntica de vida. Isso inclui relacionamentos significativos e sustentáveis com parceiros, amigos e familiares. Isso nos permite explorar nossas potencialidades e encontrar prazer na vida e no trabalho, à medida que contribuímos para o mundo circundante.

ISABEL ALLENDE

É hora de uma nova etapa evolutiva. Estou muito esperançosa, muito otimista de que isso esteja acontecendo.

Em todo o mundo, as pessoas e as organizações já percebem que a qualidade de vida melhora quando todos vivem à luz do coração.

ECKHART TOLLE

O que não quer dizer que isso já esteja acontecendo com a maioria dos seres humanos no planeta, mas sim com um número crescente de seres humanos.

JANE GOODALL

A evolução física é um processo gradual. A evolução cultural acontece com mais rapidez. Com isso, chegamos a uma evolução moral na qual começamos a pensar sobre a maneira adequada de agir e a maneira equivocada de agir. E depois chegaremos a uma evolução espiritual na qual realmente poderemos vivenciar aquilo que os seres humanos são capazes de vivenciar, ou seja: a integração com o grande poder espiritual que certamente envolve a tudo e a todos, e também à natureza, ao infinito e ao universo.

MARIANNE WILLIAMSON

Muitos já apreendem isso de diferentes formas na vida pessoal. E o próximo passo é fazer com que esses princípios que transformaram muitas vidas pessoais também transformem o mundo.

Essa tendência pode ser observada tanto na vida individual como nos contextos social, econômico e político. As empresas cada vez mais combinam a busca de lucros financeiros com o respeito aos indivíduos e à sociedade, e também – geralmente sob a pressão de organizações ativistas – com a beleza de nosso planeta. As velhas estratégias para maximizar o lucro se tornaram ineficazes.

MARIANNE WILLIAMSON

Isso é uma transmutação do medo em amor. Isso é um grande salto evolutivo, tanto dentro de nós como dentro da espécie humana.

Enfim, a opção de viver sob a perspectiva do coração é uma decisão pessoal. Só você pode optar por agir com o coração.

GARY ZUKAV

Centrar-se no coração é uma questão de escolha, uma escolha responsável. Uma escolha que só você pode fazer. Ninguém pode fazer isso por você.

Mas a sua decisão importa.

JANE GOODALL

A mensagem mais importante que tenho para qualquer um é que todo dia fazemos a diferença. Todo dia impactamos o mundo ao redor e fazemos uma escolha sobre o tipo de diferença que queremos fazer. E se parássemos para pensar sobre as consequências das escolhas que fazemos, talvez começássemos a levar uma vida mais significativa.

> Na tentativa de pensar sobre como poderemos fazer uma grande diferença, não devemos ignorar as pequenas diferenças diárias que podemos fazer e que ao longo do tempo podem ser acrescidas às grandes diferenças geralmente imprevisíveis.
>
> —MARIAN WRIGHT EDELMAN

Ao ouvir a inteligência do coração, você alinha sua personalidade com sua alma e cria o poder autêntico.

DEEPAK CHOPRA

Se quisermos corrigir esses problemas, teremos de operar uma mudança em nossa consciência. E o caminho para tal mudança segue da cabeça para o coração.

MICHAEL BECKWITH

Eis o próximo grande salto na evolução da humanidade: um ser amoroso que não pensa sob a perspectiva do pequeno ego, e sim sob a perspectiva mais ampla do coração. Começaremos

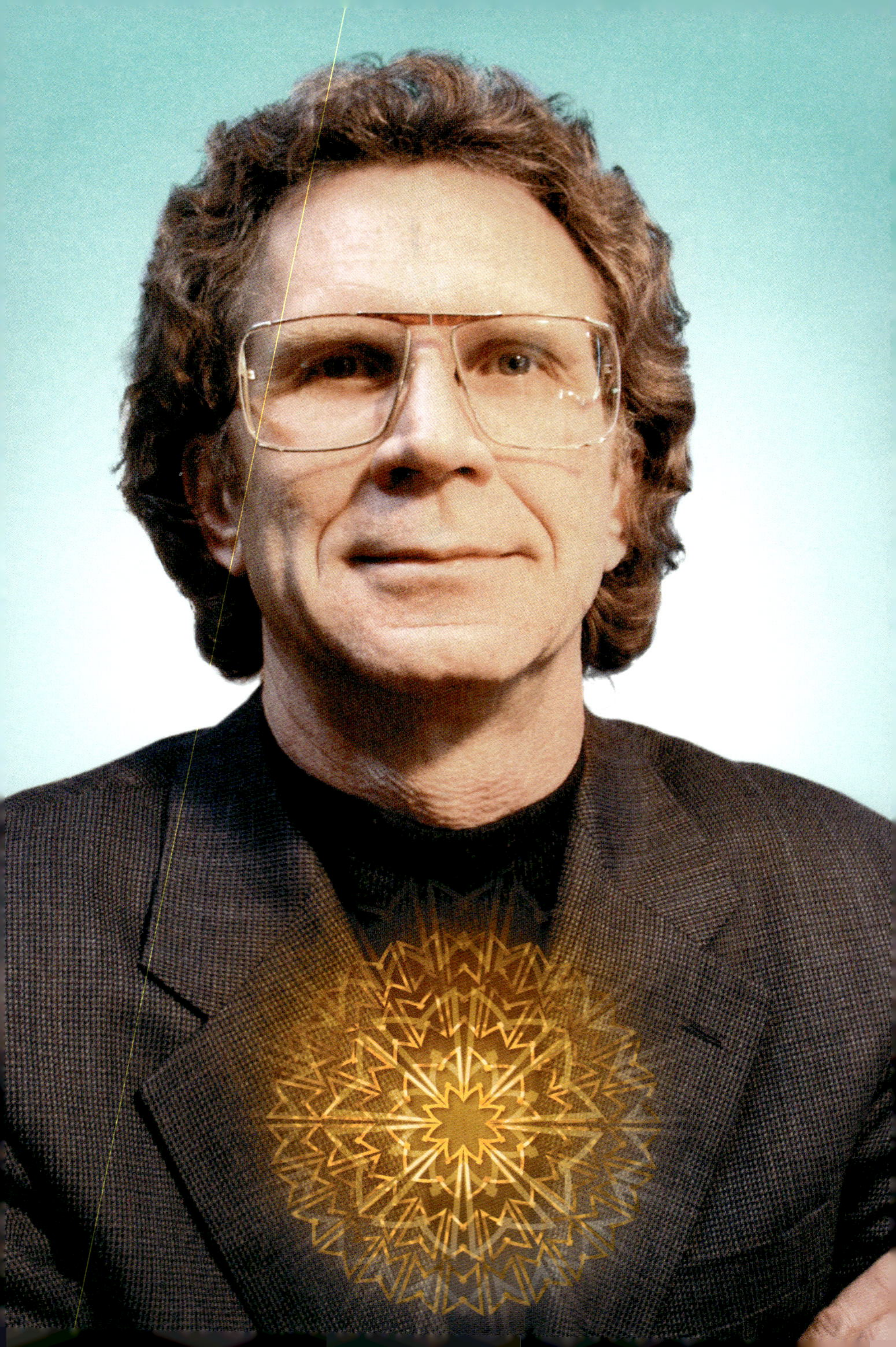

a nos conectar a partir de um núcleo humano, e não apenas de uma personalidade superficial. É um modo inteiramente diferente de estar no mundo. Só quando começamos a estar no mundo, assim o reino da eterna expansão do bem – outro nome para o céu – passará a se revelar em nosso planeta.

ROLLIN McCRATY

A pesquisa nos diz que, quando não aprendemos a seguir a inteligência do coração, acabamos por afastar o verdadeiro problema subjacente às famílias, às comunidades e ao mundo.

Quando você descobre os muitos poderes do coração, você passa a viver à luz de uma consciência diferente. Você segue seu coração. Você se sintoniza com a voz de sua alma. Você se direciona para seu propósito. Você se encoraja a fazer as coisas a que está destinado fazer.

GARY ZUKAV

Isso se parece com o quê? Com um mundo humano universal. O ser humano universal é mais que cultura, é mais que nação, é mais que religião, é mais que sexo, é mais que status econômico. É um ser humano cuja primeira lealdade é para com a vida com "V" maiúsculo, e tudo mais é secundário.

Rollin McCraty *(ao lado)*

ECKHART TOLLE

E somente pelo despertar da consciência os seres humanos manifestam as qualidades essenciais – tanto para a vida do indivíduo como da civilização – da compaixão, da gentileza, da alegria e da criatividade. Isso só pode fluir de um estado de união. É assim que surge um novo mundo. E um novo mundo depende da manifestação desse estado de consciência. Pois a despeito do mundo que fazemos, o que vivenciamos como mundo é sempre um reflexo do nosso estado de consciência.

MARIANNE WILLIAMSON

Só quando chegarmos ao ponto de vivenciar a transformação dentro de nós mesmos, quando viver de amor, e não de medo, tiver transformado as circunstâncias de nossa própria vida, é que nos tornaremos canais. Seremos receptáculos com autoridade moral para afirmar a possibilidade de transformação para o planeta. E poderemos afirmar tal possibilidade não apenas em teoria, mas principalmente porque a vivenciamos em nossas próprias vidas.

Por meio do surpreendente poder do coração, abre-se um novo mundo para você, um mundo onde não existem coincidências. Você transforma o medo em amor e, além de acomodar os reveses, abraça-os como uma oportunidade para o crescimento espiritual. Você perdoa aqueles que o magoaram e liberta-se do ressentimento. E tudo porque o coração o faz entrever um quadro maior.

MAYA ANGELOU

O coração estará envolvido em tudo o que será possível expandir. Se não podemos ver o céu do amanhã, o coração pode vê-lo. Nós seremos orientados no sentido de como deveremos agir no céu do amanhã. Mais do que provavelmente já sabemos, mas se não soubermos, o coração nos dirá se ouvirmos.

Se você vive conectado com seu coração, você testemunha os efeitos da bondade nos outros. O poder do coração é literal e metaforicamente ilimitado.

> *Civilidade e gentileza são imperativos morais.*
> —JANE AUSTEN

ECKHART TOLLE

Se você vive do coração e outras pessoas começam a viver do coração, isso provoca um efeito cascata. Ondas emanam de onde você está e depois você as recebe de volta. E depois as ondas se propagam até os outros. O estado de consciência que você assume sempre afeta os outros. Então, se você vive do coração, isso passa para os outros. O que você traz para a interação com outras pessoas como que por milagre determina em larga escala o que você recebe de volta.

MAYA ANGELOU

Se quisermos evoluir como espécie, o coração será importante em tudo que fizermos. O coração é imperativo. Se já estamos evoluindo para nos tornar melhores cidadãos, o coração está envolvido nessa evolução.

MICHAEL BECKWITH

E seremos assim: seres centrados no coração.

GARY ZUKAV

Minha visão é um mundo de cidadãos do universo. O ser humano universal está chamando por nós, está chamando. Ele está chamando você.

O caminho está totalmente aberto. À medida que você percorre este caminho, você se torna uma pessoa do coração. As intenções de sua alma cultivarão uma nova Terra.

Você faz a diferença a cada dia. Você pode dizer, juntando sua voz a de Mahatma Gandhi: "Minha vida é minha mensagem."

OS COCRIADORES: BIOGRAFIAS

ISABEL ALLENDE

Em 1982, a escritora chilena Isabel Allende tornou-se conhecida em todo o mundo com o seu primeiro best-seller, *A casa dos espíritos*. Um livro que a consagrou como escritora e a colocou como uma força feminista no mapa literário latino-americano. Seus livros foram traduzidos para mais de 30 idiomas e já venderam mais de 57 milhões de exemplares no mundo inteiro. Seu trabalho, ao mesmo tempo divertido e informativo, combina narrativas intrigantes com grandes eventos históricos. Além da literatura, Isabel Allende dedica muito do seu tempo aos direitos humanos. Após a morte de sua filha Paula, em 1992, ela criou a Fundação Isabel Allende, uma entidade em homenagem à filha que trabalha para proteger mulheres e crianças em todo o mundo. Para mais informações, visite a página www.isabelallende.com

DRA. MAYA ANGELOU (1928-2014)

A Dra. Maya Angelou tornou-se uma das vozes mais célebres e mais influentes do nosso tempo. Seu trabalho como poeta, romancista, biógrafa, professora, dramaturga, produtora, atriz, historiadora, cineasta e ativista dos direitos civis tem sido amplamente elogiado. Sua obra soma mais de 30 best-sellers, tanto de ficção como de não ficção. Ela atuou em duas comissões presidenciais e recebeu a Medalha Presidencial de Artes, em 2000, a Medalha Lincoln, em 2008, e ainda três prêmios Grammy, além de ter sido laureada com 30 doutorados *honoris causa*. Em 2011, o presidente Obama concedeu-lhe a Medalha Presidencial da Liberdade, a mais alta honraria civil nos Estados Unidos. Angelou foi também professora de Estudos Americanos na Wake Forest University, em Winston-Salem,

Carolina do Norte. Suas palavras e ações tocam nossa alma, nutrem nosso corpo, libertam nossa mente e curam nosso coração. Para mais informações, visite a página www.mayaangelou.com

DR. MICHAEL BERNARD BECKWITH

O Dr. Michael Beckwith é um mestre espiritualista e um autor muito lido. Toda semana, milhares de pessoas reúnem-se para ouvi-lo no Centro Espiritual Internacional Agape, em Culver City, Califórnia, uma comunidade espiritual do movimento Novo Pensamento. Ele tem participado com frequência do programa *Larry King Live*, no canal CNN, e do programa Oprah Winfrey. Junto com outros ativistas da paz e líderes espirituais, como Arun Gandhi, neto de Mohandas K. Gandhi, Beckwith tem lugar garantido em diversos grupos internacionais. Ele também é um dos cofundadores da Associação do Pensamento Global, uma organização dedicada à cura do planeta. Entre seus inúmeros livros estão *Inspirations of the Heart*, *A Manifest of Peace* e *Spiritual Liberation*, vencedor do prêmio Nautilus Book Award. Beckwith também tem sido amplamente elogiado pelo seu trabalho como enviado humanitário da paz. Ele é detentor de inúmeros prêmios humanitários, incluindo o Africa Peace Award e o Thomas Kilgore Propheric Witness Award. Para mais informações, visite a página www.agapelive.com

DR. DEEPAK CHOPRA, M.D.

Deepak Chopra é médico, escritor e palestrante internacionalmente conhecido, com mais de 65 livros publicados, incluindo 21 na lista dos mais vendidos do *New York Times*. Seu trabalho traduzido para mais de 35 idiomas já vendeu mais de 20 milhões de exemplares pelo mundo. Ele é um dos líderes mais conhecidos e respeitados no campo da medicina mente/corpo que tem transformado a visão sobre o bem-estar físico, mental, emocional, espiritual e social. Deepak Chopra deu aula na Faculdade de Medicina da Universidade de Boston e da Universidade de Harvard, e trabalhou como chefe de gabinete no Memorial Hospital, da Nova Inglaterra. A revista *Time* o nomeou como uma das 100 pessoas mais influentes do século

XX. Em 2010, ele recebeu o prêmio Humanitarian Starlite e o prestigiado Goi Peace Award. Ele também recebeu o prêmio Einstein, concedido pelo Albert Einstein College of Medicine e pela revista *The American Journal of Psychotherapy*. Para mais informações, visite a página www.chopra.com

PAULO COELHO

Paulo Coelho, além de ser um dos autores mais lidos do mundo, também recebeu diversos prêmios internacionais de prestígio, incluindo o World Economic Forum Crystal e a Legião de Honra francesa. Em 2007, foi nomeado Mensageiro da Paz das Nações Unidas. Em 1986, empreendeu uma peregrinação a Santiago de Compostela, na Espanha, que marcou um ponto de virada em sua vida. Durante o caminho, ele experimentou um despertar espiritual descrito em seu primeiro livro, *O diário de um mago*. No ano seguinte, escreveu *O Alquimista*, que vendeu mais de 65 milhões de exemplares em todo o mundo, tornando-se um dos livros mais vendidos da história. Paulo Coelho já foi traduzido para 71 idiomas diferentes. Ao todo, já vendeu mais de 150 milhões de livros em mais de 150 países. Em 1996, ele criou o Instituto Paulo Coelho, que ajuda crianças e famílias com problemas financeiros. Para mais informações, visite a página www.paulocoelho.com

DR. JOE DISPENZA

O Dr. Joe Dispenza é um conhecido neurocientista, quiroprático, professor e escritor. Estudou ciências bioquímicas na Universidade de Rutgers, em Newark, Nova Jersey, e graduou-se *magna cum laude*, em quiroprática, na Life University, em Atlanta, Geórgia. Ele é uma autoridade no campo da neurologia e neurociência, função cerebral e formação da memória. Já escreveu numerosos artigos científicos sobre a relação entre o cérebro e o corpo, estabelecendo ligações entre o pensamento e a consciência e entre o cérebro e o poder da razão. Ele tem mostrado que a alteração da mente também altera o cérebro, e que podemos reprogramá-lo para quebrar hábitos. Joe Dispenza é membro honorário do Conselho Nacional de Examinadores de Quiroprática e recebeu a Clinical Proficiency

Citation por excelência clínica. Para mais informações, visite a página www.drjoedispenza.com

LINDA FRANCIS

Linda Francis é mestra espiritual e escritora. Com seu parceiro espiritual, Gary Zukav, outro cocriador de *O poder do coração*, ela escreveu dois livros que constaram na lista dos mais vendidos do *New York Times*, a saber, *The Heart of the Soul: Emotional Awareness* e *The Mind of the Soul: Responsible Choice*. Ela também é cocriadora de *Thoughts from the Heart of the Soul* e *Self-Empowerment Journal: A Companion to the Mind of the Soul*. Linda Francis e Gary Zukav também fundaram a Sede do Instituto da Alma, uma organização que oferece programas e eventos educacionais para a criação do poder autêntico. Linda Francis trabalhou durante três décadas como enfermeira, e é uma qualificada quiroprática. Para mais informações, visite a página www.seatofthesoul.com, página da Sede do Instituto da Alma.

DRA. JANE GOODALL, Ph.D., DBE

A Dra. Jane Goodall é mundialmente conhecida como primatologista, antropóloga, escritora e Mensageira da Paz das Nações Unidas. É fundadora do Instituto Jane Goodall, uma organização com muito êxito na luta para a proteção e preservação dos animais. Aos 26 anos de idade, ela viajou da Inglaterra para a Tanzânia, onde entrou no mundo até então pouco conhecido dos chimpanzés selvagens. Considerada a maior especialista em chimpanzés, ela é mais conhecida por seu estudo de 42 anos a respeito da interação entre os chimpanzés. Jane Goodall recebeu um grande número de prêmios e honrarias por seu trabalho humanitário e conservacionista, incluindo a medalha de ouro pelo seu trabalho de preservação, concedida pela Sociedade Zoológica de San Diego, e o National Geographic Society Centennial Award. Em 2000, a Organização das Nações Unidas concedeu-lhe o terceiro Gandhi/King Award contra a violência. Em 2002, o então secretário-geral da ONU, Kofi Annan, nomeou-a Mensageira da Paz, e em 2004 nomearam-na *Dame Commander,* da Ordem do Império Britânico. Jane Goodall continua viajando por cerca de 300 dias ao ano e ministra palestras pelo mundo. Para mais informações, visite a página www.janegoodall.org

JOHN GRAY, Ph.D.

John Gray é sem dúvida o especialista em relacionamentos mais conhecido do mundo. Sua inovadora obra, *Homens são de Marte, mulheres são de Vênus*, tornou-se o livro mais vendido da década de 1990. Ele ajuda os homens e as mulheres a se respeitarem mutuamente e a apreciarem uns aos outros, apesar das diferenças porventura existentes tanto na vida pessoal quanto na profissional. Seus livros já venderam mais de 50 milhões de exemplares em 50 línguas diferentes. Sua série de livros Marte-Vênus transformou essencialmente a visão de homens e mulheres em relação aos papéis que ocupam nos relacionamentos. Ele ensina maneiras simples de aprimorar as relações e métodos de comunicação para indivíduos e comunidades. Mostra que as diferenças entre homens e mulheres podem ser usadas para desenvolver uma relação saudável e repleta de amor e paixão. John Gray já apareceu em diversos programas de TV, incluindo *The Oprah Winfrey Show, Dr. Oz, The Today Show, CBS Morning Show, Good Morning America, The Early Show* e *The View*. Ele também tem uma grande quantidade de artigos publicados em revistas, como: *Times, Forbes, USA Today, TV Guide* e *People*. Para mais informações, visite a página www.marsvenus.com

ROLLIN McCRATY, Ph.D.

Rollin McCraty é vice-presidente e chefe de equipe de pesquisa do Instituto HeartMath, em Boulder Creek, Califórnia, que realiza pesquisas científicas sobre a inteligência do coração desde 1991. Ele é uma autoridade internacional no campo da coerência cardíaca e dos efeitos das emoções positivas e negativas na saúde e na psicofisiologia humana. Como diretor científico, realizou inúmeros estudos sobre os efeitos das emoções na interação cérebro-coração e no sistema imunológico. Ele e sua equipe de pesquisa estão envolvidos em diversos estudos em conjunto com outras instituições acadêmicas e médicas, como a Universidade de Stanford e o Instituto de Pesquisa do Coração de Miami. Rollin McCraty é autor de inúmeros artigos, muitos publicados em revistas científicas, incluindo *American Journal of Cardiology*, *Stress Medicine* e *Biological Psychology*. Para mais informações tanto sobre Rollin McCraty como sobre o Instituto HeartMath, visite a página www.heartmath.org

HOWARD MARTIN

Howard Martin é vice-presidente do Instituto HeartMath, em Boulder Creek, Califórnia, que desde 1991 realiza pesquisas científicas sobre a inteligência do coração. Ele tem desempenhado um papel crucial em diversos estudos científicos sobre a influência positiva do coração na saúde, no bem-estar emocional e na inteligência humana. É o homem por trás de um programa científico único que visa melhorar as realizações individuais e coletivas e também a saúde e o bem-estar humano por intermédio do coração. Howard Martin é um conferencista muito requisitado, além de ministrar workshops para empresas e indivíduos em todo o mundo, bem como para o exército dos Estados Unidos. Já deu muitas entrevistas sobre a inteligência do coração e participou de programas como *Good Morning America* e de outros no Discovery Channel, na CNN e no The Boston Globe. Para mais informações tanto sobre Howard Martin como sobre o Instituto HeartMath, visite a página www.heartmath.org

RUEDIGER SCHACHE

Ruediger Schache, além de ser um mestre espiritual, é um escritor alemão. Graduou-se em economia e psicologia pela Universidade de Munique, e depois trocou um trabalho como chefe do departamento de publicidade de uma empresa alemã de renome pela busca espiritual. À época, estava com 38 anos de idade. Passou muitos anos nos Estados Unidos e viajou seguidamente por muitos continentes, onde redescobriu o conhecimento tradicional sobre a personalidade e a consciência. Os livros de Ruediger Schache foram publicados em 26 idiomas e já venderam mais de 2 milhões de exemplares pelo mundo. Seu livro *The Secret Behind the Heart Magnet* esteve nada menos que 84 semanas na célebre lista dos mais vendidos do *Der Spiegel*, o maior e mais influente semanário alemão. Além de seu trabalho como palestrante e escritor, ele e sua esposa dirigem o Instituto de Pesquisa da Consciência, em Munique, na Alemanha. Para mais informações, visite a página www.ruedigerschache.com

MARCI SHIMOFF, MBA

Marci Shimoff é uma das maiores especialistas em felicidade, sucesso e amor incondicional dos Estados Unidos. É autora dos best-sellers *Love for No Reason* e *Happy for No Reason*, nos quais compartilha ideias inovadoras sobre o grande segredo por trás do amor duradouro e da felicidade. Ela também é cocriadora da mundialmente conhecida série de livros *Chicken Soup for the Soul*. Seus livros foram traduzidos para 31 idiomas e destacam-se em muitas listas de best-sellers, incluindo as do *New York Times*, da *Amazon* e do *Wall Street Journal*. Já vendeu um total de 14 milhões de livros em todo o mundo. Marci Shimoff dá palestras e seminários tanto no seu país como no estrangeiro, e toca nos corações de milhões de pessoas ao redor do globo com temas como a importância da autoestima e da autoconfiança. Além de ter uma MBA da UCLA, é presidente e cofundadora do grupo The Esteem, que tem como objetivo ajudar as mulheres a extrair mais de suas vidas. Para mais informações, visite a página www.happyfornoreason.com

DEAN SHROCK, Ph.D.

Dean Shrock é psicólogo e autor dos best-sellers *Doctor's Orders: Go Fishing* e *Why Love Heals*, além de ter realizado inúmeros estudos científicos sobre o impacto positivo da alegria na qualidade e expectativa de vida de pacientes com câncer. Isso o levou à surpreendente conclusão de que o sentimento de ser amado e cuidado exerce uma influência positiva sobre a expectativa de vida de pacientes com câncer, e de que o amor gera efeitos curativos. Dean Shrock estudou na Cleveland State University, em Cleveland, Ohio, e obteve um doutorado em psicologia aplicada na Universidade de Akron, de Akron, Ohio. Ele desenvolveu uma proposta de pesquisa para a Clínica de Cleveland que investiga a eficácia da imaginação conduzida em pacientes com câncer, e depois iniciou uma pesquisa psicológica para o tratamento de câncer no Simonton Cancer Center, em Malibu, Califórnia. Para mais informações, visite a página www.deanshrock.com

ECKHART TOLLE

Eckhart Tolle, além de ser um mestre espiritual, é um autor cujos ensinamentos profundos e acessíveis ajudam um grande número de pessoas pelo mundo a encontrar paz interior e satisfação na vida. Nascido na Alemanha, ele estudou na Universidade de Londres e na Universidade de Cambridge. É autor de *O poder do agora*, um best-seller na lista do *New York Times,* já publicado em 33 idiomas, e de *Um novo mundo*. Ambos são unanimemente considerados como os mais influentes livros espirituais do nosso tempo. Segundo Tolle, a transformação da consciência como despertar espiritual é o próximo passo na evolução humana. Ele é um orador muito procurado que ensina em viagens pelo mundo afora. Muitas de suas palestras e seminários estão registradas em CDs e DVDs. Suas palestras mensais e meditações ao vivo, com respostas às perguntas dos telespectadores, estão na página EckhartTolleTV.com. Para mais informações, visite www.eckharttolle.com

NEALE DONALD WALSCH

Neale Donald Walsch é um mestre espiritual contemporâneo cujas palavras tocaram pessoas pelo mundo afora. Sua série de livros *Conversando com Deus,* traduzida em 37 línguas, transformou a vida de milhões de pessoas. Além da série, ele publicou outros 16 livros. Seus livros de diálogo, *Conversando com Deus,* disponíveis em todo o mundo, colocaram-no na lista de best-sellers do *New York Times*. Seu trabalho o levou das escadarias de Machu Picchu no Peru aos degraus dos santuários xintoístas no Japão, e ainda da praça Vermelha, em Moscou, à praça de São Pedro, no Vaticano, e à praça Tiananmen, na China. Por todos os lugares por onde passou, Neale Donald Walsch deparou com uma ânsia generalizada por uma nova forma de vida em paz e harmonia. Ele ensina uma nova compreensão da vida e de Deus. Para mais informações, visite www.nealedonaldwalsch.com

MARIANNE WILLIAMSON

Marianne Williamson, além de autora e mestra espiritual bastante elogiada, é sempre convidada para programas de televisão, como *The Oprah Winfrey Show*, *Larry King Live*, *Good Morning America* e *Charlie Rose*. Quatro de seus dez livros constaram da lista dos mais vendidos do *New York Times*, incluindo *A Return to Love*, amplamente considerado como uma obra representativa no seio da nova espiritualidade. Seu trabalho baseia-se na abordagem da corrente do Novo Pensamento, segundo a qual o amor e o perdão são a chave para a interação humana. Em pesquisa de opinião do *Newsweek*, em 2006, consideraram-na uma das 50 pessoas mais influentes da geração *baby boomers*. Estão entre as obras célebres de Marianne Williamson *The Age of Miracles*, *Enchanted Love*, *Illuminata*, *A Course in Weight Loss*, *O dom da mudança* e *A lei da compensação divina*. Para mais informações, visite a página www.marianne.com

GARY ZUKAV

Gary Zukav, além de ser um mestre espiritual, é o eloquente autor de quatro livros que ocuparam sucessivamente a lista dos mais vendidos do *New York Times*. Graduou-se pela Universidade de Harvard e tornou-se oficial das Forças Especiais no Vietnã, antes de escrever seu primeiro livro, *The Dancing Wu Li Masters*. Ganhou o prêmio American Book for Science. Seu segundo livro, *The Seat of the Soul*, que aborda o alinhamento entre a personalidade e a alma, conquistou milhões de pessoas e, por 31 vezes e durante três anos, ocupou a lista dos mais vendidos do *New York Times*. A visão, a seriedade e o entusiasmo contagiante de Gary Zukav o tornaram muito amado por milhões de telespectadores. Já apareceu 36 vezes em *The Oprah Winfrey Show*. Seus livros venderam 6 milhões de exemplares e foram traduzidos em 32 idiomas. Em 1993, conheceu Linda Francis, sua parceira espiritual e outra cocriadora de *O poder do coração*. Junto com Linda, fundou a Sede do Instituto da Alma, uma organização que ajuda as pessoas a desenvolverem significado, propósito, criatividade, saúde, alegria e amor. Para mais informações sobre Gary Zukav e a Sede do Instituto da Alma, visite www.seatofthesoul.com

AGRADECIMENTOS

Gostaria de expressar minha gratidão do fundo do coração para os 18 cocriadores de *O poder do coração*: Isabel Allende, Maya Angelou, Michael Beckwith, Deepak Chopra, Paulo Coelho, Joe Dispenza, Linda Francis, Jane Goodall, John Gray, Rollin McCraty, Howard Martin, Ruediger Schache, Marci Shimoff, Dean Shrock, Eckhart Tolle, Neale Donald Walsch, Marianne Williamson e Gary Zukav. Suas visões e suas histórias inspiradoras tornaram-se uma contribuição singular para minha visão e minha jornada.

Completei o projeto *O poder do coração* com dois amigos inestimáveis: Arnoud Fioole e Mattijs van Moorsel. Gostaria de agradecer a ambos por terem se juntado a mim nesta maravilhosa aventura. Sem eles, este projeto nunca teria se tornado realidade. Agradeço especialmente a Arnoud por ter me ajudado a escrever este livro.

Também desejo agradecer aos meus caros amigos Steven Goldhar, Allan Hunter, Evelien Peelen, Ivo Valkenburg, Gary Zukav, Linda Francis e Marci Shimoff pelo amor e apoio ilimitados.

Muito obrigado também às seguintes pessoas:

Judith Curr, força motriz por trás da Simon & Schuster's Atria Books, e sua equipe, incluindo sua excelente editora, Leslie Meredith. E, claro, à equipe da VBK/Kosmos, na Holanda: Wiet de Bruijn, Martine Litjens, Dorien van Londen, Pieter de Boer, Simone Regouin e Yolande Michon.

Alain de Levita e sua dedicada equipe da NL Film, e Drew Heriot, diretor do filme *O poder do coração*.

Um grupo de especiais incentivadores de nosso projeto: Annemarie Fioole-Bruining, Fleur van Dijk, Carolyn Rangel, Kim Eng, Wendy Zahler, Simon Greiner, Frans Schraven, Han Kooreneef, Richard Rietveld, Ted Baijings, Fred Matser, Aldo de Pape, Bob Levine, Lilou Mace, Gaby Boehmer, Kim Forcina e Len Branson.

E, por fim, meus queridos pais, Thera Lubbe Bakker e Arnold de Pape.

CRÉDITOS/FOTOS

P. ii: foto © Balazs Kovacs Images/Shutterstock; p. viii: retrato de Baptist de Pape, de Gerry Hurkmans; p. 8: Getty Images, de Betsie Van Der Meer;

p. 14: foto © melis/Shutterstock; p. 22: foto © MJTH/Shutterstock; p. 24: retrato de Neale Donald Walsch, de Christopher Briscoe; p. 27: retrato de Marci Shimoff, de Kate Zatmari; p. 32: Brand New Images/Getty Images; p. 35: retrato de Paulo Coelho, de Paul Macleod; p. 44: foto © XiXinXing/Shutterstock; p. 49: retrato de Jane Goodall, de Stuart Clarke; p. 53: retrato de Michael Beckwith, de Rawtographer; p. 58: Tim Robberts/Getty Images; p. 66: foto © Subbotina Anna/Shutterstock; p. 69: retrato de Eckhart Tolle, de David Ellingsen; p. 78: foto © MJTH/Shutterstock; p. 83: retrato de Linda Francis, de Christopher Briscoe; p. 86: retrato de Gary Zukav, de Christopher Briscoe; p. 92: foto © Kichigin/Shutterstock; p. 95: retrato de Maya Angelou, de Perry Hapogian/Contorno de Getty Images; p. 105: retrato de Isabel Allende, de Lori Barra; p. 108: foto © Eugene Sergeev/Shutterstock; p. 122: retrato de Joe Dispenza, de Stacey McRae Photography; p. 126: foto livre/Getty Images; p. 133: retrato de Deepak Chopra, de Toddy MacMillan@gotoddrun; p. 142: foto © Surkov Vladimir/Shutterstock; p. 147: retrato de Dean Shrock, de Chris Graamans; p. 154: foto © Rock and Wasp/Shutterstock; p. 161: retrato de John Gray, cortesia do autor; p. 172: retrato de Marianne Williamson, de Rich Cooper; p. 176: Nicholas Monu/Getty Images; p. 185: retrato de Ruediger Schache, de Christoph Vohler; p. 194: foto © MJTH/Shutterstock; p. 199: retrato de Howard Martin, de Gabriella Boehmer – relações-públicas do Heartmath; p. 206: foto © Balazs Kovac Images/Shutterstock; p. 216: retrato de Rollin McCraty, de Gabriella Boehmer – relações-públicas do Heartmath.

Texto de Baptist de Pape e Arnold Fioole * Contribuições de Isabel Allende; Maya Angelou; Michael Beckwith; Deepak Chopra; Paulo Coelho; Joe Dispenza; Linda Francis; Jane Goodall; John Gray; Rollin McCraty; Howard Martin; Ruediger Schache; Marci Shimoff; Dean Shrock; Eckhart Tolle; Neale Donald Walsch; Marianne Williamson; Gary Zukav * Ilustrações e design de Simon Greiner, Inc * Paginação interior de Dana Sloan * Diretor de arte Jeanne Lee * Presidente e editora Judith Curr * Editora Leslie Meredith * Editor de produção Jessica Chin * Produtores do filme Baptiste de Pape, Arnoud Fioole, Mattijs van Moorsel * Diretor do filme Drew Heriot.

BAPTIST DE PAPE nascido em 1977, em Brasschaat, na Bélgica, é um buscador espiritual, escritor e cineasta. Formou-se na Faculdade de Direito de Tilburg, na Holanda, mas após a graduação – e de uma oferta de emprego financeiramente recompensadora – experienciou um despertar espiritual cujo resultado o fez abandonar o universo burocrático da aplicação das leis.

De Pape explora o domínio do coração e o significado de viver a partir deste horizonte, ao invés de viver em um horizonte regido meramente pelo domínio da razão. Essa mudança de foco o levou diretamente a alguns acontecimentos de sincronicidade surpreendente.

A partir desse despertar espiritual floresceu o conceito de um filme no qual ele entrevistaria mestres da espiritualidade, escritores e cientistas contemporâneos. Baptist seguiu em frente para a filmagem e tornou-se amigo de muitos de seus entrevistados, e foi generosamente auxiliado por Gary Zukav, Eckhart Tolle, Maya Angelou, Isabel Allende e outros.

Saiba mais sobre o livro e o filme em www.thepoweroftheheart.com.

☝ www.thepoweroftheheart.com
◼ The Power of the Heart
◼ #TPOTH

SIMON GREINER é um ilustrador australiano, de Sydney, e designer. Ele vive no Brooklyn, Nova York, e seu trabalho está no *Grantland* e nas capas da revista *New Yorker*. Já ilustrou e escreveu diversos livros.